少女ABCDEFGHIJKLMN

最果タヒ
Tahi Saihate

河出書房新社

少女ABCDEFGHIJKLMN

目次

少女ABCDEFGHIJKLMN

きみは透明性

姉は、愛に満ちている。やわらかなまつ毛に包まれた頑《かたく》なな瞳、太陽を頬張《ほおば》ったような頬ももう見えないほどに、愛に埋もれている。

「お姉ちゃん、愛まみれで、もう顔も見えない」

「いいじゃない」

姉は笑っているらしき声で言った。「キスなんて滅多に届かないし」

それは嘘だ。今ではネットワークを使って、手軽に、遠くへ、キスマークを送れるようになってしまった。私たちの電子化された瞳では、その人に届けられたデフォルメされたキスマークが、スタンプのように顔や体に貼りついて見える。キスは言葉より簡単に好意を伝える手段だった。

「ほら、昔流行《はや》ったでしょ、イイネ。あれと同じぐらいライトに、みんな誰かにキスしてる。消したって、また届くよ。お姉ちゃん、美人なんだし」

「私、もう若くないわ」

キスマークにまみれて、もう顔が見えなくなった姉は突然声を細くして呟《つぶや》く。昔は美しかった姉、髪が絹糸《きぬいと》よりなめらかで、私の指がいつでも吸い寄せられた白い肌。顔が見えなくなってもう10年はたつ。そりゃあ、昔とは違うかもしれないし、それが、彼女には恐ろしいのだろう。

「でも、昔のキスマークを大事にするのだって美しくは……」

「他人にもらった好意のほうがずっと、私の顔より価値があるわ」

姉はもう、自分の価値を他人に委《ゆだ》ねるようになってしまった。それって、人間として敗北じゃない？　好意とか、嫌悪《けんお》とか、そんなものただの関係性じゃない？　そんなもののほうが自分より価値があるっていうなら、もう、価値を定める他人だけこの世にいればいいってこと。生きる意味もないいんじゃない？　そう、言えないぐらいには、私は姉が好きだった。

「それでぼくに話しかけたっていうの」

高等部の教室は、冴え渡った空気。月曜で、朝で、まだほとんど誰もいないから。目の前に立っている高山《たかやま》というクラスメイトは、視力補強をしているらしい、水色の混ざった瞳で私を見つめる。

「いや、だって、高山って頭よさそうじゃん！」

「成績なら、ぼくは上の中」

「でも、視力補強してるし！」

「目が悪いのは親譲り」

「あと暗い！　ずっと電子系いじってて超暗い！　……あっ」

「最初からそう言えよ」

高山は本当に素直に、私のことを見下す目をした。私だって彼と話すことになるとは思わなかった。クラスでは対照的な立場の私たち。でも、あの姉にまとわりついたキスマークを解決できるのは彼だけに違いない。

「……悪かったよ」

「偏見《へんけん》だね、偏見はね、反論なんて無力だから、ただきみに猛省《もうせい》を促すよ」

「うう……」

「で。要は、ハッキングで、キスマークをリセットすればいいんだろ」

「え？　協力してくれるの？」

「うん、お姉さんを思ってのことなのに、断る理由がないよ」

高山の目線について、私は、見下していると思ったけれどそれは、ただ自分がそうやって人を見てきたからかもしれない。そんな予感がして、すこし、怖くなる。

高山のハッキングは、軽《かろ》やかなものだった。電子パネルに触れる指先が一度も止まらない。私は、昼休みに彼と方法を思案するつもりだったのに、そのときにはほとんどが彼の中でかたまっているらしかった。

「キスマークって、ハッキングが黙認されているから助かるよ」

彼はそうあっさり告げる。

「そうなの？」

「うん。ほら、キスマークの色を変える口紅ってあるだろ」

「ピンクとか？　花柄とかの？　雑貨屋に売ってるね」

唇にそれを塗ってからキスマークを送ると、デフォルトの赤から色が変化する。たとえば、アイドルやモテる人にキスマークを送るとなると、色で差別化しないと気付いてもらえない。そんな時の定番商品だった。

「ああいうのは、たいてい、公式じゃないんだよ。誰かがハックして作って、自分で作れない人間に売っている。色によって難易度も変わるし」

「ほー」

「第三者が勝手に機能を拡張していくことを容認しているサービスなのさ。そうだからこそ、ここまで広まったとも言えて……」

高山が語り続けるあいだ、誰も、彼に話しかけてはこなかった。本当に、友達がいないんだな、と思いながら見つめる。高山はこんな、キスマークのサービスなんて縁がなさそう。

「高山っていつもこんなことしているの？」

「え？」

「電子パネルとか、いつも開いてなにかしてるじゃん？」

「暗い、って言ってくれたよね」

私は苦笑《くしょう》する。だって、誰とも話さずに、キスマークを送ったりすることもなく、ちいさなパネルに向かっている彼を、理解できない。生きることを、間違っている、とすら思う。そんなの機械と同じじゃないか。

「いやあ……、私はそういうのしないからわかんないし、しかたないじゃん？」

だから、それは私にとって当たり前の反応だったのだ。姉だって、私は理解できないし、だからあれを消そうとしている。そして友達は、わかる人だけを選んでそばにおくし、だからこそ居心地がいいわけで……でも、

「そう。残念だな」

そう笑って、高山は心底傷ついた顔をした。

私だって慌てる。どうしてかはわからないけれど、高山が、傷ついたとわかって、私まで傷ついたし、それは、傷ついたと嘆いてはいけない傷だった。報《むく》いのように思えた。ぎゅっと、胸元《むなもと》に拳を作る。息を吐く。

「で、でも高山だってキスマーク、ばかっぽいって思うでしょう？」

「………」

「私も、それと同じだよ、同じ感じ。生きる世界が違うっていうか……」

「理解できない、って思われることは、つらいことだよ」

高山は自分の指先を見つめていた。「理解できないって拒絶されて、軽蔑《けいべつ》されて、生きていくことはつらい。教室が重たいものになっていく。でもだからって、ぼくは、自分が少数

派だから、迫害される側だから、復讐《ふくしゅう》してもいいんだって言い訳して、多数派を攻撃したりしない。理解されないことで苦しめられたぼくは、理解しないことなんかで、きみを攻撃などしない」

「………」

高山は微笑《ほほえ》んだ。私が慌てたことすら、気付いている様子で、そうしてそれに対して、呆れもしていなかった。

「ぼくはだから、縁もないキスマークもがんばって調べようと思ったんだ」

笑みを浮かべて告げる。彼。彼の瞳。水色が混ざっている中に、私が立ち尽くしている。彼の視線は軽蔑ではなかった。冷静に見つめる先には、軽蔑も、こびも、贔屓《ひいき》もなかった。彼は、ただ、私を見ていただけだ。

「キスマーク、共感はそりゃ、できないけどね。これを楽しむ人がいるんだから、いいものだと思うよ」

私には、きみの言葉の意味が、わからないんだ。優しくいる意味なんて、価値なんて。それは自分を殺すことに思えた。みんながなかよくなんて、無茶なんだよ。すみかが欲しいから、私たちは住み分けをするんだ。

「高山」

「なに？」

「苦しくない？　むかつかない？　……さみしく、ない？」

「どうしたの？　大丈夫だよ」

高山はそう言って、電子パネルに何かを打ち込んでいく。

「……」

せめて、頷《うなず》いてでもくれたらと思っていた。さみしいと、言ってくれたらすべて成立するのだろう。そうわかっていたけれど、彼が、否定した瞬間、心がゆっくりとほぐれていく。

高山が、さみしいのは、いやだ。

「あ、口紅って持ってる？　非公式のがいいな。ロックかかってないから」

彼はすでに話題を変えて、私にそう尋ねる。

「……ピンクでいい？」

私から口紅を受け取ると、彼はその外枠を机の角で割り、中のちいさな電子回路に、針のようなコードを突き刺した。

「今から、新しい口紅を作る」

「……なに？」

「透明の口紅」

彼はそう呟くと、パネルを優しく撫《な》でたのだ。パネルは水色、黄色、と輝いて、それから口紅のピンクを吸い取るかのように、コードから、パネルへとピンクの色が染まっていく。

「えっ?!」

「キスマークの色は、上塗《うわぬ》り機能なんだ。上に色が塗られると、下の色はリセットされる。

だから、この口紅をきみが塗って、お姉《ねえ》さんにキスを送れば、お姉さんは透明の口紅に包まれて、顔も見えるようになる」

「へえ、すごい！　すごい高山！」

「じゃあ、これでもう、用は済んだだろ」

「いや、お礼とかするよ。今日、喫茶店とか行こうよ」

「いらない。こういうハッキングとかしてる方が楽しいし」

彼はそう呟くと、私の手のひらに回路むき出しの口紅を押し付けた。あの、ピンク色だった部分が、ガラスのように透明で、光をあてるとやっと、輪郭《りんかく》がわかる。

「でもさ」

「ほっといてくれるのが、一番ありがたい」

彼はそう言って、またパネルを触り始めた。


私は渡された口紅を見つめていた。友達が私の名前を呼ぶ。けれど、無視をした。高山はもう、私が去ったかのようにパネルを触って、関係のないことをしている。私だって、高山と同じように、優しく冷たく、なれたら。そう思っては消えていく。透明性。私に何にも与えてくれない。ただ、さみしさが海みたいに、やってきて、私の心を、砂浜を、飲んで、ちいさな貝殻を置いていく。私が理解できない、高山の暗さとか、趣味とか、それらを思い返しても、それでも、私の足首は砂の存在を知らせるの。

「高山」

「なに？」

「この口紅って、誰にも気づかれずに、その人についたキスマークを、消してしまえるね」

「そうだね。だからそれ以上は作らないよ。お姉さんに使ったって、十分余るぐらいだろ。悪質だって、公式に目をつけられたら困るし」

それに、気づかれないよう、好きな人にキスをすることだってできるのだ。きっときみは私を好きにならないだろう。私なんかを好きにならないだろう。それでも好きだという、そんな気持ちをたくして、きみにキスができてしまえる。

私は、高山を見つめていた。

「高山はいつか、お姉ちゃんみたいにキスマークまみれになるのかな」

「ならないよ、ぼくは美人じゃないし」

「でも、なるかもしれないね」

予感がしたんだ。きみはきっと、もてるよ。そして私はきみを見つめ続けるよ。

きみはきっと、私を好きにならない。

そんな予感が私の頬を熱くする。目が潤《うる》む。震える。


これが、恋なら、いやだね。

「高山、本当に、お茶とか、いいの？」

「いらない。ほっといて」

私は透明の口紅を握りしめた。キュッという音が、指先で鳴る。

きみの無視が、きょうからすこし、苦しくって心地いい。

わたしたちは永遠の裸

きみがご存じなくったって、きみを殺せば、私はきみを身ごもるんだ。可愛《かわい》く育ててあげる。そうしていつか、きみが私に殺された日のこと、思い出してくれたなら、殺してくれたっていい。きみの恋人になりたいと思ったぐらいに、きみの子供になってみたいと、思った日もあるよ。

♡

生徒会の放送が流れると、そろそろ朝礼がはじまるから、私たちは分厚い私立冷凍《れいとう》女学院の聖典、みたいな名前の書物をだきしめて、講堂に向かう。白い光がふってきているみたいに、私の目が霞《かす》んでいて、あら、まだ半分寝ているわね、と生徒会書記・松山崎《まつやまざき》先輩が講堂の入り口でおっしゃる。私の顔のことですか？　ええそうよ、洗ってらっしゃい？　そう言われるともう、私はその指示に感謝を示し手洗い場に行かなくっちゃいけない。冷たい水しかでない、冬に私の皮膚細胞を殺しにかかる、そんな冷たい水しかでないトイレに走って向かう。

講堂をでて、30歩も歩かないところに校舎が立っている。ちらほらと落ち葉のように朝礼へ向かう生徒たちとすれちがいながら、坂道になった入り口をもぐると、崩れたらきっと私を押しつぶす、なめらかで分厚い石で作られた校舎の壁と床が、私の心みたいにぽっかりと細長い空間をあけている。誰もいなかった。一番近いトイレは、校舎の1階、職員室の向かいにある。先生方はすでに講堂におられるので、私がそこでバタバタと走っても、私立冷凍女学院の生徒としてそのようなことは……、などとは言われない。だから私は猛烈《もうれつ》に走った。分厚いスカートの生地がひざをぱたぱたと叩いている。

扉を開けて飛び込むと、ついているはずもない明かりがついていた。水色と白のタイルが交互に並んで、朝日がそこをすべるから、まるでどこも透明みたいだ。

「あれ、さぼり？」

そのとき、針みたいな、高くて鋭い声が聞こえた。声全部に光が反射したような、そんな高さだった。話し方も、声も、聞き覚えがない。辺りを見渡すと、個室の一つから、一つの瞳がこちらを覗いている。

「ここってみんな、まじめに朝礼受けるんだねえ、笑える」

彼女はそう言って、つぶすように目を細めた。笑っているのかもしれないが、扉に隠れて口元は見えない。

「どなたですか？」

「さすが冷凍女学院生、言葉がリスペクトフル」

彼女はそう声を上げるだけで個室から出てこようともしないから、私は近づいた。長く動いてなかった床にちかい空気が、冷たい水みたいにうごめいて、すりぬける。どんぐりみたいな瞳が私を、じっと追いかける。

「リスペ……？」

「敬語たっぷり、ってこと」

私が目の前に現れたそのとき、彼女はやっと扉を開け、姿を見せた。薄萌黄《うすもえぎ》の制服を着ていた。

「1年生ですか？」

「そうそう」

私たちは互いの上履きの先を見つめる。赤色。1年生の色だ、お互いにね。

「失礼ですけれど、私、あなたのことを存じ上げなくって」

私は、彼女がまだ見つめている私のつまさきを、少しだけ後ろに下げながら、そう尋ねた。

お名前、なんですか？ っていうか、誰だよ？ 口にしなかった言葉を彼女は全部拾い集め、

「寒沢《かんざわ》」とだけ答える。

「寒沢、さん？」

「そう、変な名前でしょ」

「いえ、そんな」

「下の名前は、はつねというの。普通の名前」

彼女はそれからなぜかケタケタ笑い出し、私も笑ったほうがいいのかな、と立ち尽くしていた。

「私、転校生なの。私立冷凍女学院ではたいへん珍しいことに、転校生なの、よろしくね、先週からB組に入ったんだけれど、きみは何組？　あ、私はB組ね、え、もう言ったっけ？　そうなのB組」

「私は……A組です」

変だと、思うことが悪いことのような、そんな決まりの悪さ。

「ああ、やっぱり？　どうりで知らない顔だと思った。名前は？　ねえ」

「佐藤原《さとうばら》あけみです」

「へえ、珍しい名前」

寒沢さんはそうやって肩を揺らして笑った。

朝礼が始まるチャイムの音が、スピーカーから聞こえて来る。

「いやはやこの時代にスピーカーとはすごいね、ここは本当に、古びたお屋敷学校なんだねえ」

真っ黒くて大きくて、アンティークと一部の人が熱狂するようなスピーカーがトイレの天井にまで贅沢《ぜいたく》に取り付けられている。今でも動くのは珍しいらしい。

「どうでしょう、私は、あんなもの外してしまえばいいと思いますけど」

まつげの奥に並ぶ、黒い塊《かたまり》が私を見つめていた。地震が起きたらこれにつぶされて死ぬ子がでる。それだけで捨てる意味はあるはずだ。

「珍しいね、再び」

「え？」

寒沢さんは猫のような顔で2秒だけ笑うと、首を傾けた。

「私は30人ぐらいにスピーカーの話をもちかけたけれど、きみ以外はその希少たるやと自慢をはじめた」

「30人も聞いたんですか？」

「それぐらいいれば、統計的にもいいかな、と思って」

自然な流れだったんだろうか、寒沢さんは手を差し出す。

「よろしく、友達になれそうだ。この手は洗っていないけれど、トイレには隠れていただけだから、安心して」

「でも扉とか触っていませんでした？」

「そうだね、じゃあ、こうしよう。握手してから、仲良く二人で手を洗う」

そうして私の手を強引に摑《つか》み、寒沢さんは一息に尋ねたのだ。

「きみは、昨今の殺人事件数減少についてどう思う？」

「は？」

「名門校、私立冷凍女学院に通う生徒が、知らないなんてことはないよね。ここ20年で、殺人件数が98％減少した」

「それは……存じてますが」

小学3年生で受けた特別早期中等部入試問題、社会科第2の設問に、同じような内容での記述があった。私は、それに正解したからこの制服を着ている。

「OK、ならどう思う？　そのことについて」

「どう……というのは、どの側面について？」

「もちろん、その原因について。ちなみに、このことについても過去に30人の生徒に尋ねている。そして、どれもつまらない返答しか聞くことができなかった。だから安心してくれ、きみが常識人としてふるまいたいなら、その尊厳《そんげん》を守ろう。社会制度が整ったからだとでも言ってくれたらいい」

彼女は都市伝説のことを聞きたいんだろう。私にはわかっていた。まばたきが、いつもより遅く感じた。私は、それから吸うこともなく、息に巻き込むように言葉を吐き出したのだ。

「人間を殺すと、その人を身ごもるようになったから」

「同感」

彼女の手はより一層強く、私の手を握りしめ、まるで、潰したがっているみたいだ。

殺人事件の件数は、20年前に比べるとおよそ98％減少していて、それはもちろん国家のおかげ。変なマシンが開発されたからとか、遺伝子的に殺人をやる奴とやらない奴がわかるようになったからとか、噂レベルの理由しか庶民にはわからないけれど、とにかく、人を人が殺すだなんて、そんなドラスティックなことほとんど耳にしなくなった。でも自殺は増えているよ、みんな慎《つつ》ましく勝手に死んで、自主的に人類滅亡はじめてるのかしら？　とにかく、科学のおかげだと唱《とな》えるぐらいしか、現状を理解することはできないし、でも自分は馬鹿じゃないからだから理解できないはずはないしきっと陰謀《いんぼう》、人がそんな簡単に人を殺さなくなるわけがないって言いたげな子供たちがうごめいていた。

「人を殺すと、殺した人間は、殺された人間を身ごもるようになった」

昔から囁《ささや》かれている都市伝説の一つ。最初はただのネットに流れた小説だか漫画だったって聞いたけれど、それを本気にする連中が現れたのはどこかのゴシップサイトに出ていた、南アメリカの子供が母親に前世で殺されたと言いだしたというニュース。子供が言った場所に確かに骨は埋まっていて、しかしそれがその子の前世かどうかなんて母親がやったことかどうかなんてわからないし、そもそも続報がない。実際に自分で殺してみなきゃきっと、真偽《しんぎ》は確かめられないよね、っていうそれだけでこの仮説はのうのうと生きている。まだ。UFOの目撃情報と、殺人事件のニュース、どっちがうさんくさいんだろう？

身ごもった殺人犯は、普通の妊娠とは異なる、強制的、狂気にも似た母性の芽生《めば》えが起きる（と、ネットは言う）。自分が殺してしまった人間なのに、これ以上殺したいとは思わなくなる。元気に育って欲しいと、心底思い、産むんだそうだ（なんていうのはきっと子供を産んだことがない人間のロマンチック妄想、かもしれない）。とにかく都市伝説曰く、子供は成長するごとに、親に前世で殺されたことを思い出していくらしい。それが、殺人の報《むく》いになるように。

「嘘に決まっているっていうのが大多数で、これがもちろんまともな発想。でも私は信じているんだ、絶対に」

寒沢さんは私に背を向けて、告《つ》げた。制服の生地はやわらかいから、朝日の光すらつつんで、まるくころがす。まぶしさが消えていた。私は、黙って手を洗う。とりあえず、石鹸《せっけん》をいつもより多めにして、手を洗う。

「だけどそんな人、なかなか出会えなかった。16になっても、同じように信じている人がいるだなんて、うれしいな」

何も答えない私の手を、彼女は振り向きざまに握ろうとしたので、それを避け、手をハンカチで拭いた。

「私はそうだといいなと思っているぐらいで」

「そうなの？」

「だって、証明ができませんから」

私は冷静で、大人であるはずだった。彼女はけれど、そんな落ち着いた返答にも表情一つ変えない。髪を耳にかけて、胸元《むなもと》に手を添える。

「でも、私はたぶん、親に前世で殺されているよ」

「は？」

「親は殺した私を身ごもり、育ててくれたんだ。そんな記憶が去年から強まってきている。

私は、殺されたんだと思う。まだ、悔しいとも、悲しいとも思わないけれど。これって証明にならないかな？」

二つの瞳。冗談でしょうと言うのは簡単だった。私には、強烈な光を放つ宝石が並んで見えていた。私は真実を知っているわけではないのに、与えられた常識を飲み込んで生きていくんだろうか、校則に従うこの体みたいに。

「……どんな親御さんなんですか？」

私には勇気のいる質問だ。

「優しい、金持ち、自由をくれる」

寒沢さんは、そうしてけらけらと笑った。「そいつがここの教師になったから、私も転校してきたんだよ」

「寒沢先生？」

そんな名前の先生、知らない。

「違う、親は旧姓でここにいるよ。橋野《はしの》っていう古文の。1年生は担当じゃないけど、今日、朝礼で話すって言ってたから、出てたらどんな先生か、知れたかもね。……一昨年、この学校で行方《ゆくえ》不明者《ふめいしゃ》が出ているらしいよ」

彼女、急に話題を変えた。あなたが提示した話題だったのに、と私は目を丸くしたけれど彼女は気にしなかった。蛇口《じゃぐち》を手のひらで押し上げて、まるで、世間話する転校生。いいや、その通りなんだけど。

「もしかしたらその人、殺されているかも？　なんて言ったら失礼？　不謹慎《ふきんしん》？　でも誰にも気づかれずに彼女を殺して、身ごもった人がいるのかも、って考えたら気になっちゃうでしょ。だから、お願いして転校させてもらった」

「知らなかったです……」

「2年前のこと。今3年生の学年の一人だったって。学校から出た形跡《けいせき》はないまま、行方不明になっている。校舎の裏にある森の、しろいあわだった沼、あそこに落ちたんじゃないかって母さんは言うけど」

霧が出るからおやめなさいと、獣が出るからおやめなさいと、何度も、入学式で先生方がおっしゃっていた、あの森に入ることはおやめなさい。寓話《ぐうわ》の始まりのような忠告に、私たちは従うしかなく決して近づこうとしなかった。雨が降るとそこに水がすべて飲み干されているように、晴れるとそこだけ、光が入っていかないように、思われた。生物担当の先生がときどき、森にいくのを見かける。生態系が素晴らしいから、森を潰すこと、彼は反対であるらしい。

「家出じゃないんですか？」

「入退出の履歴を見る限りでは、校外には出ていないようなんだよね。なんで、ろくに調査されなかったのかな。やっぱりほら……お家柄《いえがら》ってやつ？」

「はあ」

彼女はまるで聞かれてはいけないゴシップを話すように目配せをするけれど、私立冷凍女学院に、お家柄という言葉はパンとジャムぐらい近しいものではしゃぐのも疲れる。

「どこの方?」

「九条大地《くじょうだいち》さんっていうらしい、九条ってあの、ケヤキばかり生えている大きな家でしょう? 一人娘だって言うし、へたにきちんと調べて、家出だったってことが明らかになったら厄介なんじゃない?」

彼女はそうして体を傾け、スピーカーのほうを見る。影の動きに反応して、蛇口のセンサーが誤作動をした。

「つまり、はっきりさせるのが怖いから、行方不明なんていう曖昧《あいまい》なことにしていると?」

「そう、そういう不確かな猫、いなかったっけ」

シュレディンガーのことを言いたい彼女。もう、朝礼は終わっていてもおかしくない時間。それなのに、ぱたぱたと講堂へと向かう足音が聞こえた。だれも帰ってこない、だれも戻ってこない、私たちはじっと見つめ合っている。

「朝礼、なにかあったのかな」

勘がいい動物のようだ。その人は呟《つぶや》いた。

「行ってみます?」

洗面台にちらばっていた水滴が、するりとつながり落ちていく。

「何もなかった場合は、遅刻を咎《とが》められるけど」

「それはそれで、しかたがありません」

私は強く、なにか言いたげな精神の蓋《ふた》を抑え込んだ。

くぐり抜ける。校舎は誰もいないから高い天井も息が苦しく、あわてて飛び出して空があっても息は苦しく、講堂までの道のり、誰も見かけない。入学式でつまずいたことのある砂《じゃ》利道《りみち》を二人の上履きが踏みしめるのに、音が聞こえなかった。あの足音の主はすでに講堂に入ってしまったのか、姿も見えない。二人でいるのに、目の前の寒沢さんは落ち着いていて、私は孤独に沈んでいた。

だけれど、講堂の重い扉を人差し指のまんなかあたりで押したころ、聞こえた、その言葉について、私たちは同時に運命的なものを感じたのだ。

「私のお腹には赤ちゃんがいます」

マイクを通して聞こえる声だった。聞き覚えのある声だ。でも、妊娠だなんて、私たちにはタイムリーで、フィクションで、まばたきするだけでなかったことになりそうな言葉。

声は話し続けている。

「生徒会をやめるよう、促《うなが》す方もいらっしゃいますが、私は職を全《まっと》うするつもりでいます。子供の命がここにあること、それは、喜ばしいことです。それ以外の感想を私は許しません。生徒会長を辞すること、また、退学すること、どちらも受け入れるつもりはありません。私は、母になりましたが、学校をやめるつもりも、静鹿《しずか》あずさをやめるつもりもありません」

扉の向こうに見えた、生徒会長の姿。ステージで、マイクを握り締めている。だけれどそれはとても小さかった。彼女を見つめる生徒たちの頭部と、私たちの呼吸は共鳴《きょうめい》しているようで、きっと同じリズムで胸元を揺らしている。私たちはいま、ただの集団だ、草むらの草たちのように、群生《ぐんせい》するてんとう虫のように、じりじりした音だけが体の外へ出て行く。産むとか、産まないとか、そんな言葉とは遠いところにありそうな、あずささんの顔は誰よりも幼く、生えっぱなしの眉《まゆ》も、パーマも染髪《せんぱつ》もしらない黒い髪も、顔にうっすらと生えるうぶげも、講堂の光をいびつに反射させ、全身がぼやけた輪郭《りんかく》。それでいて、それを美しいと思えたことが、私はうれしい。

「このような時間をとらせていただき、申し訳ございませんでした。ご静聴《せいちょう》ありがとうございます」

そうして、会長はステージから降りていく。遠いはずなのに、上履きの塩基《えんき》な素材がきゅっとうねるのがまるで耳元を踏まれたように近く聞こえた。彼女の頭が、3年生の座席へ走っていく。誰も何も言わず、拍手もできず、放置された彼女の声を耳に転がし続けていた。

「……それでは、朝礼を終わります」

事務的なスピーチが流れるまでの、長い、長い時間。誰かが立ち上がり退席を始めるまで、感傷的で停滞した空気が漂《ただよ》っていた。

♡

講堂を出る順番は決まっていて、先輩がおおよそ退席するまで1年生はそこに留まる。見上げている先にはステンドグラスがまだらに虹色に光を作る。私たちは自分の席まで行くこともできず、一番後ろの荷物置き場に立ちつくしていた。上級生たちがすれ違っていく中、ルールなんて知らない寒沢さんだけが、目をくるくると動かしてまるでカセットテープみたいにずっと何かを考えている。

「行きましょう」

同級生たちが立ち上がった瞬間、私は外に出た。できるだけ彼女たちに気付かれないようにと急ぐ私を、寒沢さんは呼び止める。

「ねえ、ねえ、会長が殺したのかな、ねえ殺したのかな、何ヶ月なのかな。生徒が行方不明になった時期と、受精の時期が一緒なら、殺したとも言えるよねえ。逆に、その時期のあとであれば、いつでもいいとも言えるよね。だって連れ去って、いつ殺したかはわからないわけだし……」

私、探偵みたい？　と寒沢さんは言った。周辺には、アイドルの話、流星群の話、砂糖の話をする生徒しかいないのに、わざとらしくあの演説を無視する子たちばかりなのに、寒沢さんは話すのをやめない。

「どうでしょうね」

神聖なものに対する恐れが、ここには満ちているよ、寒沢さん。言いたかったけれど、私は苦笑するだけだった。妊娠という人生の延長線でいつか行き着くのかもしれないそんな自然現象を神聖と思ってしまう、臆病《おくびょう》さ。子供が生まれるんです、と言った会長に対して、私たちは何も、言えることがなかった。それはまるで人権がないみたい。悔しくて、忘れたいからみんな、知っていることをひたすらに話している。

「会長と九条さん、調べる価値はあるよ」

寒沢さんはそんなことに全く気づいていないらしい。異常なのは私たちと彼女、どちらなのか。決めつけることもできずに幽霊みたいな顔をして、相槌《あいづち》を打っている。

「佐藤原さん」

そのとき、背後から私を呼ぶ声が聞こえた。

「はい」

「朝礼に遅れて来られましたね。そちらの寒沢さんも」

生徒会書記の松山崎先輩が、こちらを見ていた。慌てて姿勢《しせい》を正すと、制服のスカートがゆっくりと少し、下がるのがわかる。彼女は湖の上を歩くみたいに、慎重にこちらに近づいてくる。手入れされているらしい聖典の縁が、きらきらとしていて、3年も経つとあんなに革はつやつやになるんだろう、などと考えていた。

「遅刻にしても遅すぎます」

彼女の髪がさらと揺れて、首をかしげたのだとわかった。

「はい」

「特に、佐藤原さんは、朝お見かけしたはずですけれど?」

「すみません、腹痛が……」

「あら、大丈夫ですか?」

疑わしきは罰せず。それは当校のマナーとして、基本姿勢として、染み付いている。生徒会の一員として、松山崎先輩はそれ以上の追及を放棄《ほうき》し、私の体調をただ気遣った。

「いえ、もう治りまして……」

「それはよかった」

その間、寒沢さんは黙っていた。生徒会書記の腕章《わんしょう》を、じっと見つめ、私にはそれが少し怖い。

「生徒会の方々ってみなさん、仲いいんですか?」

寒沢さんは、急に口を開いた。

「え?」

「会長とは1年のときから、仲がいいんですか?」

「ええ、そうですよ? みんな、1年のときから」

松山崎先輩は穏《おだ》やかに微笑《ほほえ》んだ。急な質問にも、遅刻への弁明《べんめい》がないことにも、彼女は苛《いら》立《だ》っていなかった。私たちがそうさせているのかもしれない。生徒会だというそれだけを理由に、彼女たちに理想の大人像を背負わせていた。たった1年という期間だからこそ彼女たちはやり遂《と》げている。

「じゃあ、九条大地さんは?」

「え?」

「え？」

寒沢さんは、いじわるく笑った。松山崎先輩は何も答えず、私を見る。

「九条大地さん、同学年でいたはずです」

「いらっしゃったわ」

「仲は良かったですか？」

「別に。クラスは同じだったけれど……ああ、ごめんなさい。朝礼の片付けをしないと」

彼女のほうから引き止めたっていうのに、松山崎先輩はお説教もせずに立ち去ってしまった。

「寒沢さん、急にあんなことを聞いて大丈夫なんですか？」

「大丈夫だよ。友達のこと聞いてなにが悪いの」

「友達？」

寒沢さんが取り出したのは雑誌の切り抜きのようなもの。会長たち生徒会のメンバーと、知らない少女が仲良さげに写っていた。

「1年の遠足のときの写真。学院だよりのバックナンバーに載っているっていうのに、白《しら》を切れると思っているだなんて、傲慢《ごうまん》な人だね」

そう言い捨てて寒沢さんはB組に帰っていく。

♡

放課後。隣のクラスからぱたぱたと同級生たちが外に出ていく足音が聞こえて、それでも私は寒沢さんに会いたいとは思わなかった。机から教科書を取り出し、そのまま一人で下校する準備を始める。私は忙しい。あの都市伝説を信じている人がいるのだと、考えると胃の底が熱くなる。殺したら身ごもるのよって、真剣に言ってくれる人がいて、少女漫画を読んだ後みたいに、私は自分の恋を温めていた。今日も塾に行かなくっちゃならないわ。私、東大に行くの。定型句のように頭の中で繰り返しながら、学校が終わるのを心待ちにしていた。塾に行けば、保富《やすとみ》くんに会える。

「さようなら」

「さようなら」

「さようなら」

教室を飛び出して、下駄箱《げたばこ》に上履きを揃えてしまうと、生徒たちが水のように校舎の外へと溢れていた。太陽が青空にぶらさがって、夕日になるのを待っている。私は幾人かにご挨拶をし、校門を出た。塾に行くには10分ほど住宅街を歩き、電車に乗り、隣駅で降りる。駅前の塾は古い建物だけれど有名で、通える生徒はそれなりの偏差値。

「こんにちは」

塾に入ると、受付の人に挨拶をして、安い机の並んだ教室に入る。まだ誰も来てはいなかった。教室の古びたスイッチに指をかけると、パツンという何かが弾ける音とともに明かりがつく。授業が始まるまでにあと、2時間。教科書を開いて、宿題を見直し、それから予習するふりをする。

光岡《みつおか》高校の授業は私立冷凍女学院より30分遅れて終わり、それから移動に20分かかるので、あと1時間は保富くんはやってこないこと。お伝えします。少し、早く来すぎてしまったのかも、そう思いながら、私は爪の先で、机の端《はし》を削っていた。ふしぎなほどぼろぼろと削れることに、これまでたくさんの生徒が気づいたんだろう。どの机も端はぼろぼろ。私は、保富くんが好き。いつからだろう、わからないけれど、保富くんを殺して身ごもれるなら、保富くんのお母さんになれるなら嬉しい。望みができる。諦《あきら》めしかなさそうだった恋に新たな解《かい》が生じる。ねえ、今だけ、寒沢さんに会いたい。絶対そうだよ、絶対産めるよって、言って欲しい。

古い携帯を取り出して、都市伝説について検索を始めた。都市伝説という名称からして、すでに嘘であることは決まっている。検索結果は私に「それはない」って連呼をして、まるでいじめだ。人魚はいるわ、ネッシーもいる。それと同等のお話ですね。人を殺すというそういう発想がそもそも野蛮《やばん》で私たちはちゃんと進化したというそれだけのこと、なんて、決してシンプルでもまっとうでもない話が、実名で書かれ、支持されている。都市伝説よりこれが、常識的な意見？　気持ち悪い。どうして人を殺してはいけないんでしょうか？　そんな問いかけより今は、「どうして人は人を殺さないんでしょうか？」。

「ぶっちゃけ、人って、むかつくところあるじゃないですか、なのにだれもだれかを殺さないっておかしくないですか？　『みんないいひとなんですよ』とかいう答え、ありますけどおかしいよね。もしくは『殺すと、ひどい仕返しが社会からやってくるから』なんて答えもあるけれど、どうなってもいいって思う人だっているよね。それはどうなるんですか？」

「その人たちはきっと、殺す前に誰かに消されちゃうんですよ」

私はネット上に残った、誰かと誰かの会話を見つめた。「誰かを殺したいと思っているような人にこの世にいてほしくはありません。そんな危険な人は今すぐ、社会から消し去るべきです。もちろん私には殺して消し去るなんて恐ろしいことはできませんから、社会が消し去るべきです」。殺意が人からなくなったなんて嘘だ、ここにこんなにはっきりと存在している。

「あれ、もう、人がいるんだけど」

「うわ、マジで」

そのとき、部屋に入ってくる生徒がいた。紺色の制服。保富くんと、秋野《あきの》さん。二人がつないでいた手を慌てて離したのも見えていた。

「あ、なんだ、あけみじゃん」

保富くんはそう言って、自分の席に鞄を置く。

「保富くん、早いですね」

「今日、7限サボったんだよ。なあ、みっちょん」

「うんー、でも行きたかった喫茶店、定休日でさあ」

秋野さんはそう言って、コンビニの袋から取り出した大きい紙パックの牛乳にストローをさす。胸の大きさに悩んで牛乳ばっかり飲んでいるって、他の生徒が悪口言うのを聞いたことがある。私はちゃんとああ下品って顔で聞いていたよ、保富くん。

「ショック、ストロー、中に落ちちゃった」

慌てる秋野さんを、保富くんは笑って見つめていた。

保富くんは私の、幼馴染《おさななじみ》だ。本当なら彼と同じ光岡高校に行きたかった。公立だし、学費だって安いのに、試しに受験した私立冷凍女学院に受かってしまってこの有様。こんなチャンス滅多《めった》にないぞって、家族も中学の先生も言いました。言っていたけれど、本当だろうか。だって、保富くんはそれで、別の女の子と付き合っている。

「ストローもらってきてやろうか？」

「えー、いいよいいよ。もうね、このまま直接飲むから」

秋野さんはみっちょんというあだ名で、月《つき》という本名なのに、なんでそう呼ばれているのか。月から「満ちる」という意味を想起《そうき》したあだ名ならいいなって、私は勝手に思った。

「秋野さん、ストローなら受付に言えばあるかもしれませんよ」

「そうなの？」

私の言葉に彼女はまばたいたり、見開いたり。まるで、土星みたいな瞳。

「先生が使う給湯室に、食器とか、あるみたいです。最悪、コップかなにか借りられたら、それに入れて飲めますし」

「本当だ、賢《かしこ》いね、佐藤原さん」

「冷凍女学院だぞ、そりゃそうだろ」

保富くんはなにもわかっていないから、そんなふうに言って私の背中を叩くのだ。ちょっとだけ、話しづらかった秋野さんと、会話できるようになったのも保富くんのおかげ。敬語がうざいだなんて言われていた春の頃を思い出せば、今でも十分、塾は過ごしやすくなっていた。

「そんな」

「このまえの模試も、全国ランキング、載ってたもんね」

「そうなんだよ、あけみは昔から頭が良くてさあ」

私は、私のことを自分のことみたいに自慢してくれる保富くんのことが好きだった。つまり私は私のことが好きで、だからこそ保富くんが好きで、保富くんがいないと私は私のことが好きになれないから、私は保富くんをとても大切に思っている。

秋野さんがストローを取りに行くと、教室には私と保富くんだけが残された。保富くんは昔の退屈そうな顔を取り戻して、私の机の端を、きっと無意識に、爪で削った。

「保富くんは」

気づくと、私は声をかけている。

「うん?」

私が、きみのことを名前で呼ばなくなってから、それにまるできみが気づいていないこと、何も指摘をしてこないこと、が、私を傷つけていくんだ。(最低。)

「保富くんは、殺人事件の件数減少についてどう思う?」

「なにそれ、公民?」

彼は笑った。何を言っても、バカになんてしない人だ。私はそのまま続けられる。ストローが見つかるまでは、続けられる。

「都市伝説で、あるじゃん。殺したら産めるってやつ」

「ああ、身ごもる、あれか」

きみの前では敬語がなくなる、そのことにもきみは気付かない。今更《いまさら》天井の空調が動き出して、変な光が緑から青に色を変えながら点滅していた。敬語だって、意識しないと外せなくなってきていた。そう、私だけがわかっていて、報《しら》せるすべもなく、ただ少しずつ離れていく。錨《いかり》がちぎれた船みたいだ。

「うん、そう」

「冗談みたいな話だよな。男が犯人だったらどうするんだろう」

「男も身ごもる、って説と、伴侶《はんりょ》が身ごもる、って説があるね」

「どっちだってむちゃくちゃだよ」

カタカタという音が聞こえる。きっと、保富くんの貧乏ゆすり。

「まあ、そうだよね。むちゃくちゃ。だけど、殺した人間が、我が子になる、っていうことだけなら、養子とかもありえるのかも」

知っている、きみはいま退屈をしている。こんな話好きじゃないんだ、俺って、もっと楽しい話をしていたいんだ。わかっているよ、でも続けるよ。だって、きみは私を選んでくれなかった。

「被害者の生まれ変わりを見つけられるっていう時点で、うさんくさいよな」

「…………」

足音が聞こえて、私は「そうだね」と会話を諦めてしまった。秋野さんが真っ赤な頬《ほお》で、飛び込んでくる。

「ストローあったよ、佐藤原さんありがとう」

「本当ですか？　よかった」

笑み。

私、別に保富くんになにかを支えてほしいと思っているわけじゃないんですよ、の笑み。

凶暴な愛情なんてものを、私はどこにも飼っていない。秋野さんを殺してやるとか、突き落としてやるとか、悪い噂を流してやるとか、思ったこともない。きみたちは今、黒板を見ている。先生の声。授業の話は耳からこぼれて、今日は少しも入ってこない。

秋野さんのことだって好きなんだ、肩のあたり、首筋のあたり、きみがくちづけすることもあるんだろうかと、思いながら見ていたのに、きみが欲情する部分だろうかと思いながら、見ていたのに、私もそれに共感したくなっていた。秋野さんは白い首を持っていて、片手でつかめそうなぐらい、ひんやりしてそうなぐらい、細い、透明。だから保富くんを殺したい、殺して保富くんを身ごもりたい、産みたい、育った保富くんに恨まれて、悩みながらそれでもやっぱり殺されるってのもいいな、さらには保富くんの子供になって私が生まれる。家系図を、私たちだけにするとかどう？　愛、家族をこえて愛を。血をこえて愛を。

先生が書き込む数式を、私はどれもぜんぶ理解してしまっていた。なにも、わからないことがなくなったあとは、それでも、わからないと思いたくて、無根拠な悲しみが襲《おそ》う。心臓に、胸元に、大きな穴があいたと想像するんだ。穴の周りはさらさらと砂のようになっていて、次第に穴は大きくなっている。私はそれをただ見つめている、そう想像するとしっくりきて、悲しいままでいられる。私を、落ち着かせる。

授業に登場した、B方程式は、A方程式とC方程式が、密に迫ってDになって、それからEの解法にむすびついて、それから１０４８２の数値として取り出されるということを、私は知っているし、結局今日の授業で先生はそれが言いたかった。そうしてみんなはEの解法を知らなかったので、「へえ、知らなかった」という顔をして、それで授業が終わった。もう4時間半が経過している。私の体がまたすこし、おばさんになる。

塾のエレベーターに乗り込んで、ぴかぴか光る赤色を消して、一人でビルを出たら、寒沢さんが狭い出入り口にふさがるようにして立っていた。私を見ると、にっこり、そうして袖《そで》をつかんで、「きみもこの塾に通っているんだ、冷凍女学院の生徒、多いっていうね」と言う。

「なんで、ここに？」

そもそもの問いを私は投げかけた。

「私も通えって言われたんだよ。で、今日は見学。他のひとは？　いないの？」

「私、みんなとクラスが違いますから」

他の生徒はほとんど、もっと難易度《なんいど》の高いクラスに入っていた。私は保富くんと同じクラスになりたくて、ずっと、クラス分けテストでわざと間違える。それはよろしいことではありませんが、私にはそれがいちばんよろしいことなのですよ。

「佐藤原さん、今から、ちょっと外の大通りに行かない？」

彼女はだけれど、詳しく尋ねることもせず、私をきっと、バカなのね、と解釈しながら、話題を変えた。大通りにでかけるなんて、不良です。私はもう、電車に乗って家に帰るだけなのですよ。そもそもどうしてそんなところに用事が？　そのとき、背後から保富くんと秋野さんの声が聞こえる。

「あれ？　あけみ、クラスメイト？」

保富くん。ああ好き。

「うん。転校生なんだ、寒沢さん」

「へえ、冷凍女学院に転校生ってあるんだ」

彼の声、かすれて、落ち葉がはじめて大地に触れる瞬間のよう。１８０％オレンジジュースのよう。

「特別枠です」

ああ。

私のときめきも知らずに、寒沢さんは保富くんの問いに答えた。

「へえ、この塾にも入るの？」

「勉強は、好きじゃないので」

目尻を下げて、淑女《しゅくじょ》みたいにほほえんだ寒沢さんは完全に、ふざけていて、それに気づかないのは保富くんぐらい。男の子って、鈍感《どんかん》よね。秋野さんは無関心。私はずっと保富くんが好きでした、付き合ってください。つまり誰も、こんな冗談知ったこっちゃない。

「へえ、珍しいね」

「ねえ、行かないの？」

そのとき、秋野さんが、しびれをきらしたように保富くんの腕をひいた。ぱりぱりと薄氷がこわれていく音。保富くんは寒沢さんから目をそらし、「あ、じゃあ、これで」「はい」。離れていく。さようなら。氷河《ひょうが》のように、去っていくひと。私はやっと、息を吐く。

「あの人のためにクラスを替えているの？　もしかして」

寒沢さんは尋ねた。

「へ？　え、なにそれ」

「敬語がなくなるから、彼の前だと」

「…………」

「彼、頭良くないの？」

「いいよ、すてきだよ。賢いよ」

塾のクラスを落としているのは私だけでない。保富くんだって、秋野さんと同じクラスでいるために、無理にクラスを落としている。

「……そんなことより、大通りってなんですか？」

私はそれ以上、寒沢さんに追及なんてされたくなくて、まるで空気を切るように言葉を投げかけた。

「殺害予告があったの」

彼女の言葉は意味不明。

「はい？」

「インターネットなんて、知らないよね？　今時じゃないもんね」

「いいえ、存じております」

「そう？　そこで今日、人を殺すって投稿があったの。ここの大通り」

スクランブル交差点があり、駅前に位置していて、確かに人を無差別に殺すならちょうどいい場所なのかもしれない。いつもたくさん肩と肩がぶつかるんだから、そこに凶器があればいいわけで。肩パッドが爆弾であればいいわけで。

「ピンポイント！　でもその予告になんの意味があるんです？」

「自己顕示欲《じこけんじよく》？　欲求不満の解消とか？　こういういたずらはよくあるんだよ。本当に殺す人なんていないし、もう誰も本気にしないけど」

歩き出した彼女に私はついていくしかなかった。大通りにはすぐ出られる。塾はそこから1本だけ入った車道沿いにあるからだ。

「それなら、行っても意味がないのでは？」

「でも、起こるかもしれないでしょう？　あそこの喫茶店で待ってみようよ」

私がここでいやだと言えるわけがなかった。根拠がない。未来ある若者には時間があり暇があり、徹夜だって平気でつまり、まだ帰らなくても良くて、ついていかない理由がない。彼女の指差す先には、ちょっと高めなコーヒーショップがガラス張りのビルの2階に入っている。カウンターに座れば、交差点を見下ろせる。そうして高価なコーヒーを飲むことができる、おいしいわ、と言える。それはまるで大人のよう。もう、暗くなった空間に、そこだけ白い塊を放り入れたみたいにライトが輝いていた。

「よりみちは……」

「大丈夫だよ、まだ、深夜でもないし」

それでもすでに23時。私は彼女に引きずられて、ビルへと向かった。

♡

私が注文したカップチーノを手にカウンターに向かうと、すでに、寒沢さんはホットコーヒーを飲みながら、ガラスの向こう側を見つめていた。

　私が座ると、すぐ、

「今日ここで人が殺されたとして、その殺した犯人に、６ヶ月後とかもっと先に会いに行ってお腹が出てるか確かめないと、身ごもったかどうかはわからない。だとしたらここにいる意味ってなんだろう？　あ、私がつれてきたのにそんなこと言うのっておかしい？」

　早口でそう言う。ぶあついサンドイッチをかじっている。

　私はとりあえずそのことについて尋ねた。

「夕ご飯は大丈夫なんですか？」

「たぶん用意してあるね」

「じゃあ、食べないほうが……」

「知らないよ、食べたかったんだもん」

　寒沢さんはそう言って、サンドイッチを食べ終わると、ドーナツを手に取る。軽い音楽が店内の天井だけで響《ひび》いていて、それをするんとぬきとったような、重たさのある空気がガラスの向こうに漂っていた。見下ろせる交差点がその予告の場所らしいけれど、警戒《けいかい》する警察官もいないし、女の子たちが笑いながら歩いていたり、サラリーマンがうつむいていたり。私たちはそれを、ろくに会話もせずに見つめたり、時々相手の顔を盗み見たりしていた。

　ここにいる誰かがこれから殺されて、赤ちゃんになって、殺したやつのお腹から生まれるとして、それを観測したいの？　私は。それを見て、ああ、こうなるのね、だったらきみもこうなるのね、私が殺したら。（ぐぐっと拳《こぶし》を握りしめて、子宮を意識する。）という気持ちに、なるんだろうか。自信がつく。よし、殺そうって、前向きになれるんだろうか。希望、１００％？

寒沢さんの横顔は、不思議と、輪郭が空気に溶け込んだような、青みがかった色に見えた。じっとガラスの向こうを見つめる彼女の視線はぶれることすらなかったけれど、私が、交差点を眺めているあいだ、どこかで、彼女が私のことを見ているのだと、私は信じて疑わない。

この人が、自分の前世は親に殺されたのだと思っているのは、記憶が蘇《よみがえ》りはじめているから、とのこと。つまり彼女の存在は、都市伝説の証明になるんだろうか、最低でも彼女だけはそう思っている。だから彼女はあんな冗談みたいな伝説を信じた。友達なら信じなくちゃいけないし、つまり私だって半年も待たずに明日、きみを殺したっていいのかもしれない。

「あのさ」

寒沢さんは急に口を開いた。

「え？」

「きみは都市伝説、信じている？」

彼女とやっと、目が合った。

「……え？」

「だって、普通、みんな否定するし、私を馬鹿にする。実際、自分は親に前世で殺されたって妄想《もうそう》で騒ぐ子供は多いんだって。思春期、反抗期、モラトリアム。そういう青春の高熱で

「……伝説自体は、わからないけど、でも寒沢さんを馬鹿にはしていないです」

寒沢さんがコーヒーとドーナツを交互に飲んで、食べて、私を見て、だんだん彼女に食べられているような気がしてくる。

「でも、そうであればいいな、なんて言ってたね」

私はなにも答えられなかった。「それはどうして？　私は、親に殺された記憶があって、だから、しかたなく信じている。でもきみは、それがあってほしいと思っているんでしょ？」

「……うん」

さん、という音がして、大きなトラックが足首よりずっと下を通り過ぎていく。つぶつぶになった車の赤と白の光が、遠のいて、また増えて。等間隔な街灯を見つめながら、パース、と思った。私がいる空間が明るいことが、余計に肌を寒くさせる。

なぜか、彼女は黒目を泳がせて、私の手首からひじまでを撫《な》でるように眺めた。ざっと、崩れる寸前《すんぜん》の砂の人形みたいだ。

「寒沢さん、私と、都市伝説を確かめませんか？」

だから、そう口走《くちばし》ってしまったとき、私はその意味をほとんど考えてはいなかった。

寒沢さんは不思議そうにこちらを見つめている。それでも、砂のようにざらざらと見えていた輪郭がくっきりとして、私はきちんと人と、向き合っているのだと実感する。

「私、寒沢さんのこと馬鹿にしたくないけれど、でも信じられるかというと、わからなくて。

信じたいんです。だから、寒沢さんの言葉を信じようとはしている。でも、それじゃあ足りない。本当に身ごもるのか、確かめたいんです」

ずっと描かれていたのだろう。白い文字だったのだろう。頭の中にも夜が降りてきて、月の光が反射してやっと、そんな意識を私は私の中に見つけた。

「ちゃんと、信じられなくてごめんなさい。でも私、産みたい人がいるんです」

急に、ピアノで和音を叩いたような気分だった。ガラガラと思ってもみない音で、思考が崩れていく予感。

「……産みたい？」

「そう。産みたいから、殺すしかなくて。でも、殺したのに、妊娠できなかったら悲しいし、悔しいじゃないですか。だからちゃんと確かめておきたいんです」

「…………」

「不愉快な話ですみません」

「その人が好きなの？　さっきの男子？」

私の心臓を取り出して、凍らすほどの瞳がそこには並んでいて。

なぜわかるの。そう尋ねることできっと今、私たちの間にできた、細い確実な糸のようなもの、切れてしまうだろう。手を繫《つな》がなくても言葉がなくても、心臓は共鳴をする。遠くで揺れた鉄棒に合わせてブランコが痺《しび》れるように、私たちの体の奥、器官ですらない部分が共鳴していた。前世で殺されたと思っている彼女に、私の勝手な願望、受け入れられるとは思っていなかった。それでも、やわらかい布に包まれたように居心地がいい。

「どうやって？」

答えない私に、彼女は尋ねた。

「それは……やっぱり人が殺されるところに行って、観察するしか……」

「じゃあ、今はちょうどいいね」

彼女はコーヒーカップのフタを外した。溢れ出すゆげが、私の呼吸と一致している。

「はい。だからそれも待つんですけれど……起こる可能性は低いんですよね？」

「うん」

「だったら明日、会長のことを調べて、九条大地先輩があのおなかに入っているかどうかとか、確かめませんか？」

共鳴した私たちに損得なんて関係がないだろう。きみが、私に絶対に協力してくれると思い込むことは、傲慢でもない。これはただの絆《きずな》だよ。きみは考えずに答える。

「いいよ」

そうして、彼女は買っていたらしい抽象画みたいなチェリーパイを取り出し、口に入れた。

♡

いつ、ガラスの向こうに包丁や銃を持った人が現れるのだろう。というか、そもそも人殺しを観察しようなんて、そんな発想していいんだろうか？　思考がトランプみたいに、何度もひっくり返されて、果てがない線路を走っている気がした。夜の空の向こう側を見つめていると、それはぐんぐんと伸びていく。夜空の雲は白く、輝いていた。

「あれ」

そのとき、寒沢さんは呟いた。私はとっさに、体を硬直《こうちょく》させる。それでも、また寒沢さんは「あれ」と言う。彼女が指差す先には、少女の集団があった。

「なんですか？」

時代が私とまったく異なるであろうと思えるほど、短いスカート高いヒール、そうしてきっと、同い年ぐらいなのだろう。塗りたくった化粧が、光に反射して、時に光が透過している。ピンク色の髪の人。

「あれ、会長だよね」

集団の中に一人、髪は黒いままで、派手な化粧に、真っ赤な口紅を塗った子がいる。ヒールは誰よりも高くて、ケラケラ笑う顔は、見たことがない表情だった。寒沢さんは明らかに、その人を指差していた。

「そうなんですか？」

「え、わかんない？」

あまりに化粧が濃くて、顔なんてわからない。似ている、とは思うけれど、同一人物だなんて信じられなかった。

「化粧に対して、免疫《めんえき》がなさすぎるな」

そうして、寒沢さんは走り出したのだ。


カップチーノを持ちながら、走るには無理があった。寒沢さんについていって、歩いている間、靴の上に何滴かミルクが落ちた。絶対くさくなる。そう思うけれど、寒沢さんは振り向きもしない。

「待ってください、寒沢さん」

「だめ！」

靴をくさくしてまで、寒沢さんはあの集団を追いかけて、どうするっていうんだろう。妊娠について問い詰めるの？　そういえば、あの会長に似ている人、高いヒールを履いていた。こけたらどうするつもりなんだろう。

胃がちぎれたみたいに痛んで、私はしゃがみこみ、その姿勢がすとんと、体に落ち着いた。地面の真っ黒い塗装は、夜の空より十分黒くて、これが夜の底？　そういう夢想にふけるのは、冷凍女学院生の悪い癖。

気づくと、寒沢さんは私がしゃがんだことにも気付かず、走り去っていた。小さくなった背中。立ち止まり左右を見渡し、右に曲がる。視界から消えた瞬間、景色がページをめくったように、知らない空間になっていた。塾の明かり、消えている。先生方も帰ったのだろう。終電、まだあるよね。周囲に自分みたいな制服の人間はいなかった。

そのとき、私の体の右側に、細い影のような人間がビルとビルの間の小道に挟まっているのを見た。誰にも、見つからないことに慣れた顔。目の焦点《しょうてん》が合っていない。

「やあ」

彼はそれなのに笑った。人と目が合ったのは久しぶりだったのかもしれない。私の顔が、震えながら笑顔を作る。少しずつ彼は近づいてきて、今にも、ビルの隙間から出てきそうだ。

「なにしてるんですか」

私がそうして声を出したのは、彼を人間だと確かめたかったからかもしれない。彼の笑みは、ただの筋肉の収縮にしか見えなかった。

「きみを待っていたんだ」

その人の右手に光るものがある。包丁、とその形を見て、思う。真っ赤な映像が頭の中に広がって、私は即座に走り出したい。動かない。

「……え、どういう……」

「自殺願望があるなら、もしくは殺されたくてここに来たなら、もう少し近づいてきてくれないか」

「なんですか、それ」

今、男は真っ白いゆでたまごみたいな顔をしていて、ただそこに穴をあけたような瞳がじっと私を見ていた。

「なんだ、ネットを見て来たんじゃないのか」

「…………」

「これ以上、凶器を持って外に出ると、厄介なんだよ。とにかくさ、こっちにおいでよ」

殺してやるよ、そう言わないって卑怯《ひきよう》。私の体は急に軽くなった。睨《にら》み付《つ》けるのも平気だ。平気、私は彼に舌を出し、走り出した。


「あれ、どうしたの？」

寒沢さんの入った路地にたどり着いた途端、戻ってきた彼女と鉢合《はちあ》わせになる。

「寒沢さん、会長は？」

「まかれちゃったよ。でもあれは遊び慣れた感じだね。で、どうしたの」

私は、彼女の手首を摑んだ。彼女が見に行こうと言い出さないためだ。思ったよりも、細い。思ったよりも脈拍《みやくはく》が、生々《なまなま》しい。私たちの皮膚って薄いのね。

「包丁を持つ人がいました」

「へえ」

「殺されたいなら近づいてこいって言われました」

「近づかなかったんだ」

「いやですよ、死ぬの」

なにがおかしいのか、寒沢さんは笑みをかみ殺す。

「その人か、殺害予告してるのは」

「なんで向こうから来なかったんでしょう」

「たぶん、警察の監視下に置かれているんだろ」

「……へえ？」

「危険性を認定された人間には首輪がつけられていて、凶器を持って公共の場に出ると、それだけで監視カメラからの電波信号によって、強制的に失神《しっしん》させられる。そういう、都市伝説もあるんだよね、知ってた？」

冗談なのか本気なのか、寒沢さんは監視カメラを指差した。

「それ、人権大丈夫なんですか？」

「さあ。そんなことはどうでもいいよ、私たちが気にすべきなのはとにかく、殺すと決めたら一撃《いちげき》必殺。ああなっちゃおしまいだ」

寒沢さんは笑って言った。

私には、彼女がどこまで本気なのか、そして私はどこまで、本気なのか、わからなくなっていた。あの男が持っていた包丁よりもギラついた、殺意だとか憎しみだとか、そんなものがちゃんとここにあるのか、不安になる。真実の愛であるかどうか、疑われているみたいだった。

「あ、そういえば終電」

「え？」

彼女は腕時計で時間を見ると、ため息をついた。

「……佐藤原さん、私の家、泊まっていく？」

　先生の家に泊まるってことでしょう？　そうわかっていたのに私は彼女についていった。終電がない、それは確かで、家に今から帰るのは恐ろしかった。床にばらけたビーズのように、街並みがにぶい光を点々とさせて、遠近法を忘れる。先生の家に泊まって友達と勉強、ならまだごまかしも利くよね。単純に、先生にも興味がある。

　駅前から7分ほど歩いてたどり着く、ガラスとプラスチックが交互に並んだような、住宅街の一画が彼女の家らしい。振り返ることもしないで、寒沢さんは先を歩いていた。白い息がときどき、私の頬に当たる。

「お母さんってどんな人？」

「いい人」

「殺されたんでしょう？　記憶ってどれぐらい残ってるんですか？」

「なんでそんなこと聞くの？」

　なんで、なんて聞かれるとは思わなかった。寒沢さんは一度だけかかとで強く地面を叩き、私のことを見つめた。遠隔《えんかく》でひびが、私の内側、そこまで重要ではない内臓に入ってしまうよ。

「……ごめんなさい」

「いいけどさ」

はじめて、彼女がちゃんと怒っているとわかった気がした。あなた、殺されたことないじゃない、そうとすら、今なら言われそうだ。

透明の箱に、刻まれた寒沢という文字。彼女がそこをなでるとピという小さな音が聞こえ、扉が開く。美味《おい》しそうなシチューの香りがした。

「おかえりなさい？」

白いトンネルのような廊下の向こうから、見覚えのある顔が覗いた。

「ただいま」

ぼたぼたと花みたいに落ちていく、寒沢さんの靴。それを拾おうと彼女は走ってきて、きっと、先生というのはこの人のことだ、と思っていた。学校で見たことのある顔だ。

「遅かったね、あら？　佐藤原さん？」

先生はやっと、寒沢さんの背後にいる私に気づいたらしい。

「はい。お邪魔します……」

「さっそく友達ができたなんて、お母さん、うれしい」

「……………」

寒沢さんは黙って、私にスリッパを差し出した。

「ご飯、いま温めているからね」

「いらないよ、食べてきた」

「そうなの……？　それなら連絡してちょうだい」

口調はおだやかなまま、先生は眉をすこしよせる。玄関すぐの階段を上っていった。

「いいお母さんですね」

「……不自然なぐらいね」

寒沢さんは不機嫌そうに、目を細めていた。


先生が向かっていたのは、2階にある寒沢さんの部屋らしい。私たちが手洗いうがいをして、梨ジュースを飲み干した頃、彼女は戻ってきて、歯を磨くように告げる。

「2階にもシャワールームがあるから」

寒沢さんはそう言って、戸惑う私を2階の部屋につれていこうとした。まるで、先生から逃げたいみたいだった。階段はがたがたして、引かれれば引かれるほど、足がもつれて落ちてしまいそう。

「わかりましたから」

そう言った私が、なにをわかっているのか、私にだってわからない。

白い扉を開いて閉じて、部屋に二人きりになった途端、寒沢さんは呟いた。

「佐藤原さん、赤い口紅って、持ってる?」

足元に、布団《ふとん》が二組、ならべられている。

「持ってないですよ、そんな……!」

私立冷凍女学院では化粧や染髪は禁止されている。違反すれば退学だって聞いたこともある。

「母さんに聞いたけど、派手な色は持っていないんだって」

それなのに、寒沢さんはそれが欲しくてたまらないらしい、布団に飛び込み、顔を埋めた。

「え、あの……？」

私は思わず見えてしまった、彼女の足の裏を眺めながら、口紅の意味を考えていた。

「仕方ない、明日買いに行くか。佐藤原さんそのあいだに、生徒会室の鍵《かぎ》、手に入れてよ」

「え、待ってください、なんの話？」

「口紅は私が買いに行くから、佐藤原さんはそのあいだに、生徒会室の鍵を手に入れて」

「はあ？」

整理されたって、わかるわけがない。それに、生徒会室の鍵は、生徒会の人しか持っていない。そのことを、彼女に伝えるのも無意味に思えた。

「無理やり入るのでもいいけど、後々《のちのち》侵入がばれないようにしてほしい」

「えっと、なんでですか？」

私は、落ち着いている。混乱の中でもちゃんと、聞くべきことが聞けたのだ。それなのに、寒沢さんは鋭い針みたいに笑みを浮かび上がらせると、

「会長を孤立させる」

そう、大人みたいに意味不明に簡略化《かんりゃくか》して答えたのだ。

「…………？」

「口紅を、生徒会室に入れるんだ。生徒会の人は、特権が与えられている分、違反すると他の生徒より厳しく罰せられるって母さんから聞いた。たぶん、化粧品なんて持っていたら即《そっ》刻《こく》退学」

「つまりもめごとを生徒会室で起こすってことですか？」

「人間の友情なんてもろいものだよ。生徒会長のあの騒ぎでほかの生徒会メンバーはきっと迷惑している。あそこに所属しているってことはそれなりの家の出身だろう？　彼らにあの問題はヘビーすぎる。さらに口紅なんて現れたら、もう処理ができるわけない。真犯人を突き止めることよりも、生徒会長に罪を背負って退学してもらいたいと願うだろう」

「でも、なぜ」

「そうなれば、行方不明の生徒の話だって、4人の誰かが告白するかもしれない、会長に全てなすりつけてね」

「そんな……うまく？」

「まあ、ちょっとした工夫は必要だけれど……でもきっと」

「きっと？」

「殺し合いが起きる」

突拍子《とっぴょうし》もない言葉！

私が息を飲んだのを、寒沢さんはおかしそうな顔で見た。

「お、起こりませんよ？　だって、ただの生徒会でしょう？」

「冗談だよ」

「え？　でも本当にやるんでしょ？」

「うん。殺人はおまけ。起きたら起きたで、実験にはなる。ま、それはともかく会長が孤立すればいいいって話だよ」

そう言うと寒沢さんは起き上がり、鼻歌を歌いながら、シャワールームに行ってしまった。

シャワーを借りてあたたまって、それから布団に入って、暗くなった天井を見つめていても、私は夜の心地がしなかった。じっと、寒沢さんの言葉を思い出していた。殺し合う？　でも、それが実現したら、また生徒会で妊娠した人が見つかるのだろうか。そうなればきっと都市伝説の証明になるだろう。私が殺す順番になる。なんて、どこまで私は本当に信じているのかな。

喉がかわいていたけれど、人の殺し方について考える。一撃で殺さないといけない。つまり、毒だろうか、銃だろうか。保富くんはきっと、私の手からなら、警戒もせずに物を食べてくれるだろう。

「毒かな……」

そう呟くと、一気に夜の色が視界の中におよんできた。

♡

寒沢さんは本日も遅刻ですか？　そうですか、あまり、よろしいことではありませんね。

そう、松山崎先輩が言った。講堂の前、朝礼の前。講堂の右側と左側の出入り口で、生徒会書記・松山崎京子《きょうこ》と、生徒会会計・西岡町《にしおかまち》みのり両先輩が、毎日立っているということをそのときやっと知った。昨日の今日であれば、西岡町先輩のところに行けばよかった。

「ああ、すみません」

「あなたはちゃんといらっしゃったのですから、謝らなくてもいいのです」

松山崎先輩はそうおっしゃるけれど、それでもどこかで彼女が、怒りを抱いているように見えた。寒沢さんが口走ったことについて。彼女たちといなくなった九条先輩の事情に、踏み込んだことについて。

今日は晴れだから、日光が講堂の東向きの出入り口の、白いタイルをぴかぴかさせている。

「会長は」

「え？」

「会長はもういらっしゃっているんですか？」

それなのに、そういうことを尋ねたのは、ただそれが自然だったからだ。昨夜の会長。ヒールで、あんな薄着で。赤ちゃん、大丈夫なのかな。殺すだの殺さないだのの話におぼれて忘れていたけれど、彼女はその日不良になっていて、そうして、繁華街《はんかがい》へと消えていった。妊娠してやけくそになって、ってことだろうか、と今更、勝手な心配をする私。

「なぜそんなことに興味があるの？」

松山崎先輩は微笑んだ。整えられた眉や、前髪が神経質に細かく震えている気がしたのはそのとき。

「興味は……別に」

心配で、と説明しようにも、私があの場所で、あんな会長を見たことを打ち明けることはできない。

「友人でもないのにセンシティブな問題に踏み込むのはどうかと思いますよ」

「どうしました？」

そのとき、もう一つの出入り口から、西岡町先輩が近づいてきた。

「なにも」

松山崎先輩はそう答えるけれど、西岡町先輩は不安そうに私を見る。

「どうしたの？」

「いえ、私は……」

彼女の問いかけに答えるべきなのか、そうでないのかもわからなかった。

「というより、みのり、あなたはここにきてはダメでしょう？　あちらの監視はどうするの？　今、誰もいないわよ。ほら、ひとり、ふたり、3、4、5人、今通過したわ。風紀違反がそこにいたらどうするの？　あなたに責任が取れるの？　生徒の人生を背負っているというのに？」

「でも、京子、あなた苛立っている、なにかあったのかと」

松山崎先輩が西岡町先輩を睨み付けた。

「苛立つ？　苛立たないほうがおかしいでしょう？　昨日の今日よ？」

「この子にぶつけてもしかたないでしょ、大人気ない」

私は、なぜか、西岡町先輩のほうがずっと恐ろしかった。彼女は顔色ひとつ変えず、私の肩に触れた。

「さあ、どうぞ、佐藤原さん、お通りください」

扉をくぐる瞬間、一瞬、私は松山崎先輩の表情を窺《うかが》おうとしたけれど、「佐藤原さん」そんな西岡町先輩の少しだけ冷たくなった声に背を押され、逃げ出すように席に向かった。


不純異性交遊は、私立冷凍女学院では禁じられている。けれど、我が子は不純な存在ではないし、その子の出自も不純ではない。不純だなんて言う人がいれば、私は我が子の敵とみなして、戦います。会長は昨日、私たちがここにたどり着く前、ここでそう言い切ったらしい。昨日とは違い、まだ人もまばらな講堂の、高く丸みを帯びた天井を見上げながら、私は生徒たちの噂話に耳を傾けた。

命を盾に、命を守ったようにも見える。でも、自らの立場すらも守ったとも言える、なんて話は聞こえてきて、どちらも正しいのかもしれなかった。でも、尊《とうと》い、と思うしかないじゃないか。私は子供をまだ産んだことがない。

「やっかいですね」

隣の席の、東本川《ひがしもとかわ》さんが言う。肌が白い、柔らかいのが特徴的なクラスメイトだった。

「なにがです？」

「会長の妊娠ですよ。私の姉が、来年の生徒会役員へ立候補をしようとしているらしいんですけれど、この問題に巻き込まれると思ったら気がひける、って」

そういえば、もうすぐ立候補者の募集が始まるはずだった。

「へえ？」

「でも逆に言えば、騒動を避けたい名家の方なんかは、立候補を躊躇《ちゆうちよ》するでしょうから、チャンスでもあるんですよね。どうです？　あなたも立候補されたら？　1年生でもできるみたいですよ」

「いいえ、私は……」

私たちが座るそばの通路を、そのとき、颯爽《さつそう》と生徒会長が歩いて行った。生徒たちの視線がみな、彼女の背中を追いかけている。それは、東本川さんだって同じだった。

「私、光岡高校の方とお付き合いしていて」

まるで会長に言葉を連れ去られたように、彼女は口を滑《すべ》らせた。

「え？」

「私、その方と、不純な関係なんです」

まるで飛び立つ鳩の背中に、命を乗せようとするような、そんな声で彼女は告げた。「ずっと誰かに言いたくって、会長の話を聞いたら……」

あきらかに、これが本題なのだろう。話す相手が私でいいのだろうかと思えるほど、彼女は真剣な表情をしている。

「……不純」

「それはもう、不純なんです。でも、子供を作って、それを育てる覚悟をすれば、純粋なものに戻れるんでしょうか。両親にも、胸を張って報告できるようになるのかしら。それはとても魅力的に思えるんですけれど……私には確信できません。会長はどうだったのか、聞きに行けるものなら行きたい。あ、そういえば、会長のお相手ってどなたなんでしょうね」

「わからないんですか？」

「あ、昨日、遅刻されていましたね」

「ええ」

会長は、3年生の座る区画につくと、クラスメイト一人ずつに挨拶をしながら自らの席に座った。相変わらずこねるまえの粘土みたいな、無垢《むく》がある。

「お教えする義理はありません、と最初におっしゃいました。生徒会長。その方と婚姻《こんいん》するつもりもございません、って。ということは、許嫁《いいなずけ》の方との子、というわけでもないみたいです」

「あの家でしたら、そうなるでしょうね」

キリンを育てているという噂があるぐらい、大きな背の高いお屋敷。会長の家。でも、実際にはキリンなんていない。何の面白みもない厳格《げんかく》な家だ。

「あら、そういうことに詳しいんですか？」

「というより、子供ができた程度で、婚姻の許可なんて出しそうにない家じゃありませんか？　よっぽど釣り合った人ならともかく」

「けれどそんな、身分不相応《みぶんふそうおう》な方と出会う可能性なんて会長にあるんでしょうか」

ありますよ、と言いそうになって、やめる。昨晩見たあの人が、生徒会長だと確信しているのは、明確には私ではなく、寒沢さんだったからだ。

「人の出会いとは、不思議なものですからね」

「まあ、それはそうですね。科学も繁栄《はんえい》していますし」

まるで眉間《みけん》にぶらさがっていた重りを捨て去ったように、ほがらかに彼女は笑った。でも、私は話を終わらせたくない。

「光岡高校の方とはどのようにお知り合いに？」

私のように塾でクラスを落とすぐらいしなきゃ、光岡高校の生徒と出会うことなどできないはずだ。

「興味ありますか？」

「うーん、なかなか知り合うきっかけもないなと思いまして」

「幼馴染です」

そう、彼女は頬を赤く染めて答えたのだ。その、急な慎ましさが、心に生えた産毛《うぶげ》をさかなでする。

「では昔から……？」

「恋人となったのはここに入学してからです。彼のほうから告白を……もういいじゃないですか。恥ずかしい」

「そんな、そんなこともあるんですね……」

「もちろんです。進学先がちがったって、絆は変わりませんからね」

そうすんなりとおっしゃる彼女のことを、私は殴《なぐ》りたくもなっていた。ああ、下品。それなら秋野さんと私が反対の立場でも、彼は秋野さんと、愛し合ったということ？　そもそも愛し合うってなに。愛を交換するのかしら、心を？　だとすれば私の恋い焦《こ》がれた心は、秋野さんの手の中にあるの？　返して。私が、秋野さんを殺したいと思わないのは、きっと、きっとそれすらも保富くんへの愛の証明になると思ったから。


そのころ、朝礼が始まる。

自分が死んでしまったということを、美しいことにするには、誰かが愛してくれねばならず、それでいて、依存すらもしてもらわなくてはいけない。相手が大人になりすぎて、自立しすぎてしまってはいけなくて、もっと不安定で、私がいないとだめだと思ってくれなくてはいけない。そうした需要と供給が補い合っているのが愛だ、そうじゃなきゃ死んだらいつか忘れられる。そう繰り返し思考している。朝礼の歌を歌うこともない。立って、ただ呼吸をして、私が本当に好きだと思ったとして、それが保富くんにとって、需要のないものだったとき、私はみじめに、ただみしいと叫んでいるってことになるのだ、そう唱えていた。そんな不躾《ぶしつけ》なこと、してはいけない。下品よ。母が泣く。そう思いながら口を開けていた。賭けだ。恋が叶わなければ、ただ下品な姿だけを晒《さら》したということになる。産んだほうがいい、なんて思ってしまうのも仕方ないじゃないか。そこまですれば不純でなくなる。下品だとも誰も言わない。命は尊い、赤ちゃんはかわいい。つまり私が、保富くんを殺すことは尊い。産みたい。愛したい。それでOKって言われたい。

私は、歌い続ける生徒たちをかき分けて、通路に飛び出していた。それは何小節目からのことなのか、わからなかったけれど歌は2番になっていた。出入り口へと向かうあいだ、先生と目が合わないように、ただ扉を見つめる。重い、湿った扉。開けると松山崎先輩がまだ立っている。きっと私、真っ青な顔で、「気分が」と言ったのだろう。彼女だって真っ青な顔をしていて、それなのに、共鳴した鈴のように揺れて、もはや放り出すように頷《うなず》いた。

そのまま行くのは、トイレでも、保健室でもない。生徒会室よ。

ぱたぱたと走ると、胃袋や大腸を捨てていっているように体が軽くなっていた。途中で、明かりも付いていない理科室に入り、古い剝製《はくせい》たちの横を通り過ぎながら校舎を出る。その隣にあるちいさな部室棟の真ん中に生徒会室はあった。たどり着くと、スカートをゆっくりと広げ、それからかがむ。

扉は古いが分厚い木でできていて、染み込んだ油の匂いが心地よく思えた。隙間はたくさんあるけれど、口紅を入れるほどの余裕はないね。ところどころにステンドグラスが嵌《は》め込《こ》まれている。そしてドアの横にはちいさなガラス板が5つほどならべられていた。そのガラスを指先で触れると、かたかたと揺れはする。どうやら、くぼみにはめる形で取り付けているらしい。

私はできるだけちいさな部分のガラスにテープを貼り付け、それから廊下に放置されていた本の角で叩き割る。ガラスはかしゃんという音を鳴らして、ドアの内側に落ちた。

「佐藤原さん」

そのとき、背後から寒沢さんの声が聞こえたのだ。

「口紅、買えたんですか？」

「もちろん」

私は制服の袖を手首まできちんと伸ばすと、ガラスを割った部分に腕を通し、ドアの内側から鍵を開けた。

「最高！」

少し、布は引っかかったけれど知らない。私は、寒沢さんにドアを開けさせ、先に中に入れると、落ちたガラス片を拾う。理科室から拾ってきたプレパラートを3枚重ねて入れて、うっすらとごまかした。これでばれないとは思わないけれど、気付かれるまでに時間はかかるはずだ。

見ると、寒沢さんはすぐさま口紅を放置することはやめて、生徒会室を物色していた。整《せい》理整頓《りせいとん》された部屋は、それでも古びた建物の匂いを帯びている。真ん中に置かれた青色のソファと、テーブル。隣には小さな冷蔵庫と食器棚もあった。そうして本棚が並んでいる。ほとんどは卒業アルバムだ。

「たいした資料はなさそうだね」

そう言って、寒沢さんは机の下に、口紅を転がした。私はそれでも周囲を調べる。食器棚を開けると、小さな果物ナイフがあった。

「どうしたの?」

寒沢さんの言葉も無視して、私はそのナイフを、目につくよう、テーブルの上に置いた。

「殺し合いがおきるためには、道具がいるでしょう?」

「ああ、うん、そうだね」

寒沢さんは窓ばかり見て、ナイフに目を向けない。

「あと、九条大地先輩の写真も、探さない? なにか日誌とかないのかな」

本棚にはいくつか写真立て。けれど、どこにも生徒会の4人以外の顔は写っていない。

「この人が、静鹿あずさ・生徒会長。そしてこれが書記の松山崎先輩」

「そう。で、これが、会計の西岡町先輩。残ったこの人が、副会長の、赤道池《せきどういけ》先輩」

「ふうん」

説明をしてあげたのに、彼女は興味があまりなさそうだ。

「悪いけれど、日誌、探しておいてくれない? 私、今から包丁を、取ってきますので」

私は両手の人差し指で、校舎の方角を指差した。体の向きを変えるために、腰を曲げたのが滑稽《こっけい》なポーズとなっている。

「家庭科室から？」

「はい」

「あんなところの包丁は鍵がかかっていて難しいよ。こういう分厚い本でも凶器になるから、ソファに出しておこう」

そう言って、寒沢さんは本棚から辞典らしき本をひきだした。角には金属がはめられて、いかにも重そうだ。ああ、それなら、と私が納得しかけた時、その本からなにかが滑り落ちる。

「え?!」

それはすべて、同じ人物の顔写真だった。カチューシャで前髪を上げた、その人。寒沢さんはそれらを拾い上げると、写真立ての写真にかかげた。どれも、これも、写真と背景がつながる。写真は全て5人で撮られたものだった。

「記憶って、消せるんだね」

寒沢さんは宝石でも見ているみたいな瞳で呟いた。

部屋を出ると、プレパラートを抜いて、鍵をかけ直した。それからまた取り付ける。ちょうど、朝礼が終わる頃だ。私は慌てて、辻褄《つじつま》合わせのため保健室に向かった。

寒沢さんは保健室にはよらず、堂々と教室へ向かっていく。

「どうしました？」

保健室の先生は私の顔を見てまず尋ねた。

「真っ青よ？　貧血？」

♡

お眠りなさいと先生は言った。それで私は、ベッドにうずもれて、目を閉じる。布団がいつもよりずっとやわらかくて、軽くて、どこまでも沈んで、私の顔の上にも、布団が被さって、消えていってしまいそうだ。

こんなかんじで、沼に沈むと死ぬのかしら。わかる気がする。歯向かいたくないきもち。なにもかも飲み干して、なにもかも沈めて、証拠を残そうとしない優しさ。嬉しい。

どれぐらい時間がたったのか、私の顔がひどく冷えている気がして、目を覚ました。人が走り回る音が聞こえる。がらがらという音がして、「先生！」という叫び声。

「どうしたの？　赤道池さん」

「あずさが……。血が、とまらないんです」

「血？　……救急車呼ぶわ、そこで横になりなさい」

副会長らしき人の声だった。その背後に、まるで脈拍のように聞こえるうめき声。

「あずさ、大丈夫？」

「…………」

あずさ、生徒会長の名前だった。

私の瞳が、獣のように見開かれて、まるで光っているみたいに熱っぽかった。シーツに潜り込み、そうして息を殺す。なにかを探しているような、私の呼吸音。血、と聞こえた。本当に人殺しが起きたんだろうか。まさか、冗談でしょ。知ってる、寒沢さんは冗談であぁ言っていたのだ。私だって信じてはいなくて……でも、聞こえた。誰が、誰を、殺したっていうの。

「赤ちゃん、大丈夫かな……」

そのとき、会長の声が聞こえたのだ。

冷たい針で刺された気がした。

シーツの中をうごめいて、ベッドと診察室を区切るカーテンをめくり、覗くと生徒会長がソファに横になっていた。太ももの内側が、赤い。そばに座り込んだ副会長が、生徒会長の額の汗を拭いている。

「なにがあったんです？」

先生が、副会長に尋ねている。

「いえ、生徒会室で喧嘩《けんか》が」

「あら、珍しい」

「松山崎さんが……ナイフを」

「ええ？」

「いえ、ナイフを置きっぱなしにしていた私も悪いんです。松山崎さんも、別にそれを私たちに向けたわけではなくて……ただ、あずさがショックを受けて……」

「喧嘩の理由は？」

「たいしたことじゃありません」

副会長の声はその瞬間だけ、ハリを取り戻した。口紅が原因だなんて知られたくないらしい。誰も死ななかった。私は、背骨のあたりに残っていた息を吐いていく。それでも目の前で会長が、太ももを赤くして倒れていた。

「精神的なものね、どこかにぶつけたわけではないのね？」

「はい……」

私はじっと、生徒会長の赤い部分を見つめていた。私が、赤ちゃんを殺したの？　聖なる存在。なにもかもリセットできる赤ん坊。純潔。それを、殺したのなら。私は身ごもるの？　私の、腹部が熱くなる。じりじりと、私の中に、きみが背を丸めて、眠っているのを想像する。きみの小さくて弱い体。それがすぱっと、その瞬間、切断されてしまった、切れてしまった、そんな映像が頭に流れた。冗談だよ。そう呟いた。ヒリヒリ、痛む。まるで私の心臓が、ごっそり落ちてしまったように、痛む。きみが、真っ赤な液体に戻っていくんだ。月経がはじまるの、ながいながい、おわらない、それがはじまるの。

本当？

つー、と、誰かが言っている気がする。私のなかに、つー、という音。耳の中で、誰かが、つー、って。言っている気がする。死んでしまうときの、心臓の音かしら、耳の空気が抜けていく音？　冷たい指先が私の背骨をなぞっていく、そんな音。それとも体がしぼんでいくときの音だろうか。私はこうしてきみが死んでいくならとてつもなく悲しいと、唱えながら、それだけじゃない真っ青なものを、私は心に残している。わかっていたのだ。きみが死んでしまっても、こんな顔はしないさ。私の体が、震えている、命について、わからなくなった体は壊れていくのだろうか。星のように重力が崩壊して、死んでいくのだろうか。皮膚がまるでぜんしん、辛さをかんじた舌のようにぴりぴりとしていた。

「大丈夫ですか?!」

幾人かの救急隊員が現れ、会長は連れ去られていく。

♡

目を覚ますと、パースがついて傾いて見えるカーテンと天井が広がっていた。

「こまるね」

声のした方角を見ると、ベッドのそばに寒沢さんが座っている。他には誰もいないらしい。部屋の向こう側で、ときどき足音や声が聞こえていた。

「もう、放課後ですか？」

「そうだよ」

ああ、塾に行かないと、と思う。それなのに動けない。

「生徒会の人、誰も死ななかったよ」

「赤ちゃんは？」

「無事だよ」

「……口紅」

私は、なににしがみつきたいのかわからなくて、シーツを指の隙間に集めて握りしめていた。

「……もめてはいたみたい。松山崎さんがナイフを持ったとか持っていないとか。でも学院でもみ消すみたいだね」

寒沢さんの様子は変わらなかった。まっすぐに私の顔を見ている。何度、彼女から私が目を逸《そ》らしたか、それもきっとわかっている。

「私たち、赤ちゃんを殺しかけました」

私はそう、呟いていた。

「そうだね。でも、大丈夫、生まれ変わるだけだから」

「だけどもし都市伝説がなかったら、赤ちゃんが、尊い、無垢な命が」

口からこぼれ落ちる、その言葉が、私にとってどういう意味なのか、わかってはいなかった。それなのに、苦しい布団にうもれながら、こぼし続ける。寒沢さんが見ているのに。

「でも、きみは都市伝説を信じていたんだから、だからしかたないよ。だって、だからこそ、きみは好きな人を殺すつもりだったし、その準備として生徒会の人間を殺すつもりだった。命に無垢もなにもない」

「でも……悲惨さが」

「それは相対的なものだよ」

寒沢さんはじっとそこにいた。見捨てられるような、急行の電車を見送るような心地でいた私は、その感傷にまだまだ付き合わなければならないのだと、安心どころか恐怖していた。勝手なのです。

「本当は、都市伝説など関係ない。人を殺すことの意味はなにも違わない。その周囲には人がいて、みんな悲しむんだし、その人の積み上げてきたものがなくなることも、変わらないのだし。生まれ変わりだって、大昔から言われていたんだろうけれど、それがちょっと時期が早まって、関連性が見えてきたというそれだけで、でも、きみはそれだけで人殺しが平気になった」

「平気じゃないです」

「でも、ナイフを用意した」

「冗談、冗談だったんです」

こわい、シーツが、布が私を守ってくれない。

「うん。冗談。思い至らなかったんだろ、ナイフを刺したら人が死ぬって、死ぬと魂が消えるって、体が腐って、その人は成人できず、快楽も知らず、卒業もできずに、終わるって、思い至らなかったんだろう」

「……私が」

寒沢さんはそれから優しく微笑むのだ。

「だから私が、副会長と話してあげよう」

「え、なにを？」

「わからないの？　私には、きみへの責任がある、感謝もある、だからこのきもちを、ちゃんと成仏させてあげたくて」

「え？」

「私はきみに優しくありたいのだ」

そうして、髪をむすび、ふふふ今から森に行くよと言った。

♡

森。かすんだ森。誰も人が訪れないせいで、色がすべてかすれたように、ぼやけていて、古びた絵画のような森。私のために、心臓を遠くにもって、いつまでも生き続けようとしている老人のような森だった。入ろうとすると、道がなくて、私は寒沢さんのあとを追いかけるしかなかった。目の前に、後ろに、木がある。それが続く。私は、歩いているのに、それが続く。木がある。木がある。孤独とはなにかと、突然、本の一文を思い出す。現れては消える、寒沢さんの背中。そうして木。上を見上げればもう、寒沢さんをみうしなって、私もこの一本の木になりそうだ。誰かの爪になるように、森の木になりそうだ。孤独があるとすればこうした、こうしたざわめきではないの。

「寒沢さん」

私はそう呼んでいた。

「なに？」

声だけが返ってくる。

「寒沢さんは、あんなやさしいお母さんがいて、それなのに、どうして、殺されたなんて思ったんですか」

生徒会長の足首、ふとももの赤い、血。彼女が真っ青でいたことが、忘れられなかった。赤いあの部分が愛だとしたら、彼女の体の中にそれが詰まっていたとしたら。愛して、産みたかったとしたら、愛としたら、愛って、それは、私が今まで見たことのないもの。

「お母さん、お母さんなんだよ。なんでそんなふうに信じてしまったの、疑わなかったの」

「…………」

寒沢さんは答えず、ただ歩く。枝葉《えだは》を平気で踏んで、隙間に溜まった雨水を蹴り飛ばしていく。

「だって、くるしいよ、産むまで10ヶ月もじっとして、心を落ち着けて、なにもおきないように、息をしていて、そうやって生まれてきたんだよ、産んでくれたんだよ、それを」

「私は母さんの愛情はわかっているけど、それってなんなの?」

「え?」

まるで、足首が語っているようだった。彼女の上半身はまるでプラスチックみたいに向こうを向いたまま、歩き続けていた。

「痛みながら、産んだら、愛おしいの? そんなわけないじゃん。じゃあ、私、注射でぬきとられた血が愛《いと》しくなるわけ、ならないじゃん。ちがうじゃん。新しい生命だから愛おしいの? そんな理屈にしたがっているんだったら、それはただの生理現象じゃん」

「……寒沢さん?」

「私、前の学校で、友達が自殺したの」

寒沢さんの真っ白な顔が、木々の向こうからすっと現れた。

「自殺?」

「いじめたから」

彼女はそう、吐き捨てるように言う。

「いじめたの? それで、殺したの?」

「殺してないよ、自殺だもん」

「……でも」

寒沢さんは私の表情を見て、ちょっとだけ笑う。

「人殺しって言いたいだけ、みんな、言ってきた。いじめっていっても、集団じゃなかった。私が一人でやったから、もしかしたらこれってただの喧嘩なんじゃ、とも思った。でもいじめで自殺ってニュースにもなった。だからいじめなんじゃないの？　どのみち、私には関係ないことだよ。みんながそれでどれぐらい、自分を納得させるかでしょう？」

突然、悪魔みたいに見えたのだ。それが私の卑怯さだと思った。彼女はそれでもじっと、変わらずに私を見ているのに、私はまるで蛇に睨まれた蛙のように、言葉を探しては、見失っている。

「寒沢さん……」

「それでも母さんは私を信じた。信じすぎた。いじめなんてしているわけがないって、言った。勝手に自殺したんだって」

「…………」

あの日、ビルの隙間で見たあの人みたいな顔。それを連想するのはきっと私の問題だ。

「おかしいよね、私は、人を自殺させた。殺したんだよ。それを守ろうとするって意味わかんない。怖くないの？　私が殺してしまったことすら、消そうとするってどういうこと？　彼女はそれでなにを、守りたいのかな。真実より私がやさしくてかわいくてすてきな世界で生きたいの？　わっかんなーい」

「……それは」

「わかんないよ、はあ？　ってかんじ、愛ってなに」

頭上が、枝でふさがって、空も見えない。薄暗がり。明かりはどこからここに注《そそ》がれているのかわかるわけもない。

「…………」

「愛ってなに。愛って、ここまでのもの？　ちょっと異常じゃない？　私、人をここまで愛するのむりだし、たぶん、ちょっと壊れていると思う。だから、あ、こいつ、私のこと昔殺したんだな、って思うことにしたんだよ。ほら、殺人をした人間が、殺した相手を身ごもったとき、きちんと育てるように体が、強制的に愛情を抱くようにするんだって。そういう、理屈から外れたものをかんじるの。私の母さんはきっと私を殺したんだわ。だからこんなに愛してくれるんだ、そう思うことにした。ほうら、道理が」

「ないでしょう？」

「ないとかあるとかって、問題なの？　感情がある生き物なのに」

人を殺したのに、誰も殺そうとしてくれなかった、こんなの意味わかんない。

そう、彼女は続けたのだ。

「じゃあ、記憶があるっていうのは嘘？」

「ごめん。嘘。そう思い始めてからは、あったような気がしてきた、っていうのはあるよ、もうそこを突き詰めるのが怖くて、考えないようにしていたんだ。きみが信じてくれたのは、嬉しかった、それにきみにも相当な、理由があるんだろうと思った。だから嘘とか言うわけにもいかなくて……騙《だま》してごめんね」

「じゃあ、やっぱり都市伝説は、本当じゃなかったんですね……」

「いや、もちろん都市伝説が嘘かどうかは、確かめてみなきゃわからないよ。でも、きみが一緒に都市伝説を信じようとしてくれた、そのことのほうが私にとっては大事だったかな。きみが、確かめたいっていうから協力しようと思ったんだ」

「でも……」

「まだ、そこはわからない。今から、一緒に確かめようよ」

木々の向こうに、彼女は消える。私は追いかける。このまま、人生が終わったら、私の人生がこうした、何かをめぐるだけのものであるなら、まるで赤血球にでもなったような気分だ。孤独と、孤独のなさ。どちらにでも捉えられる。私が誰かもっと大きな存在を生かしている血の一部であればいい。この森のように。

「佐藤原さん」

「はい」

「あなたは、好きな人の恋人になれないから、好きな人の親になりたいんだよね」

「はい」

「愛はあるって確信を持っていて」

「そうです」

「それを、証明したいんだよね」

「証明……？」

「それとも、達成？　なんだろう。愛しているのは現時点で、そこから更に行動に出るのは、愛がなんらかの目的を生んでいるからでしょ？　それはなに？　純粋に、不明なの」

寒沢さんの後ろ姿。私のまつげ。それだけでこの世界はできているようだ。歩き続けるのに、木が通り過ぎるだけ。そうして現れる木だけ。

「わからないです……ただそうしたいと思っています」

「願望なんだ」

「ええ」

「願望って、なに？　そこに理由は？」

「理由は愛で」

「でも、愛は、欲望を持たない」

そう、断言する彼女の背中が恐ろしい。

「持ちますよ」

私の足が少しだけ速くなる。それでも、追いつけない。追いつこうとはせず、次第にまた、スピードが戻っていく。

「持たないよ。母さんは持っていない。愛は、愛を持てた人が幸せで、そこから欲望になるのは、そもそもあった欲望が都合よく愛を盾にしただけ」

「違います。だって、私、保富くんを産みたいけれど、秋野さんはきっとそうは思わない。それって、秋野さんは保富くんを私ほどは好きじゃないってことでしょう。それとも、愛が充足しているから？　私、親の愛と違って、彼らのような愛は、需要と供給であると思うの。二つあってやっと成立する。それで、私は成立できなくて……」

「無理に成立させたいってだけ？」

私の、体が止まってしまったのはその時だった。

「応《こた》えて欲しいってだけじゃないですか」

「愛なんて、一方的でも成立するよ？　わざわざ殺す意味ってなに？　そこで埋めるものって欲望でしょう？」

彼女の顔を見ることができなかった。誰より、私が最初に気づいていた。産むこと、殺すこと、それが、私にとって大した問題でなくなっていた。ただの欲望であるとしても保富くんをとにかく殺してしまって、と思っていたあの感情が弱々しく今うなだれて、木々の枝に座っていた。私は、そんなところに、そんな表情で、私の思いが座っているとは思わなかった。

「……ああ、はい、そうかもしれないですね」

私は、もうどっちだってよくなっていたのだ。

ほつれたポケットから、こぼれていく飴玉《あめだま》みたいに、私の目から涙がこぼれて、それから、息がすうすうと、鼻からぬけていく。それって、どうだっていいことだ。保富くんを殺そうと、あんなに強く抱いていた思いが、いつのまにか踏み潰されたようにして、弱っている。

どうして？　いつから？

「都市伝説が本当じゃなさそうって思ったから？」

私の涙に臆《おく》したのか、寒沢さんはそう呟く。ごめん、という声が聞こえた。

「いえ、寒沢さんがいて、都市伝説を本気にしてみようと、思ったのは事実です。でも、それよりもっと……」

あの、血だ。会長の太ももからこぼれた血が私の頭の中に入ってきて、脳を沈めてしまった。殺してしまった、そう思ったとき、まず私はきっと、私を殺した。復讐《ふくしゅう》として殺したのだ。それがまだ続いている。大事な、大事なところから捨てていってしまったのか、戻ってこなかった。愛しているのか不明瞭になることが、怖くもなんともなくなった。

「私、保富くんを好きじゃなくなったの？」

「さあ……それは別のことでしょ？　欲望が消えたってだけじゃない？」

「愛と欲望は別だから？」

「うん」

どこかで鳥が鳴いている。太い鳴き声、アマゾンみたいな声。

「愛なんて、そもそも都合のいい概念じゃない」

彼女は言う。

「…………」

「誰も、理屈どおりに生きていない。昨日、生徒会長に追いついたの」

「え？」

「彼女は、放課後にどう生きても勝手だと言っていた。学校で、清く正しく生きているのだから、それは勝手だって言っていた」

「話せたんですか？」

あの理科室と同じ匂いがした。剝製たち。死臭とも違う、きれいに分解された匂い。死のあまい匂い。木々が棺《ひつぎ》のように生態系を守っているのだろう。

「うん。少しだけ」

「でも、品行方正って有名な人で……」

「ある意味で、品行方正だったよ？　ルールのある場所で、ルールに従うのは当然で、そしてそこから外れたら、好きに生きるのが当然だと言っていた。その通りだよ。ルールのために私たちがいるのではなく、私たちのためにルールがあるのだから、それが意味をなさない放課後にまで守る必要はない」

「それと同じだってことですか？」

「そう生きたほうが、楽だろう、と思っただけだよ」

湿った枝が割れる音。

「でも」

私は歩いても、歩いても、一度も枝を踏むことがない。

「私たちは、永遠の裸だよ。愛だってルールだって、私たちが身につけているだけでしかない。私たちの内側に侵食なんてできない。愛も、ルールも、だから都合がいい」

　目の前の木がそこでとぎれたのだ。

　腐りかけたように、木々がもつれながら、白い沼を囲んでいた。森から這《は》い出した私たちを少しも、反射させずに、それは時々ふつふつと泡を出す。まるでまだ下に、九条大地先輩が、生きているかのようだ。

「名前は呼ばないで、声は出さないで、じっとしていて」

　そう寒沢さんに言われ、木の陰におしやられた私は、その意味がわからず、立ち去っていく彼女の背中を眺めている。プリンのように小刻みに震える体を、両手で包み込むしかできなかった。

　ここに、副会長がくるらしい。そうして寒沢さんは大事な話をするらしい。私の失敗について。けれど、そんなことはもはやどうだっていいことだ。私は赤ちゃんを殺しかけた。ナイフを用意した。目の奥が痛い。このまま、死んでしまうと一番楽でしょう? そう言いたいけれど、寒沢さんはもういない。言いたいだけだ、冗談。思ってもみないこと。私は、保富くんを、殺したくなどないのだろうか。好きなのに、愛なのに。それがどうやらないらしく、殺したくない、生きていてほしい。秋野さんと仲良く、毎日を過ごして、牛乳を飲んだり、してほしい。同じ大学にでも行って、結婚して子供を作って、子供がいじめられたりいじめたりしながら、大きくなって誰かと結婚して孫を作って、それをかわいがったりしてほしいらしい。私は保富くんが好きじゃないの？　好きなのに、私はそうしてほしいの？　私は保富くんを殺したくて産みたくて、かわいがりたくて、愛したいって、そういうふうに、思えないの？　好きじゃなくなってしまった？

「寒沢さん、私、たぶん、寒沢さん」

呟いたけれど、もちろん返事はない。見上げると沼のほとりに副会長が立っている。寒沢さんがすっと、木の陰から現れ、彼女に近づいた。


「呼び出して、なに？」

副会長は不機嫌そうに尋ねたけれど、寒沢さんは意に介さない。

「ここに、九条大地さんが沈んでいますね」

指先を額に当て、そう答えた。

「……え？」

「殺したのは生徒会長。会長が入院した以上、あなたに代わりに白状していただきます」

「は？　なにそれ……失礼じゃない？」

寒沢さんは指先をそっと、制服のポケットに忍び込ませると、あの写真を取り出した。

「５人の集合写真から切り抜いた、九条大地さんの写真を見つけました。ふつう、友人が行方不明になったからって、写真から一人を取り除いたりはしない。なにか、彼女に罪悪感があるからこそ、目に映らない場所に隠した。でも、一人でこんなことをしては、他の生徒が反対します。つまり4人とも、事情を知っていたはずなんです。共犯、だったんですか？」

彼女の、まるで用意していたようなセリフたち。次第に、大袈裟《おおげさ》な動きもセリフも、私に見せる前提で作られているのだとわかってきていた。彼女は決して、私に見えない方向には顔を向けようとはしない。

「ちょっと待って、意味もないことしないで？　ねえ、転校生？」

「寒沢です」

「寒沢さん、そういう、探偵ごっこあそびは、よくないわ。見栄《みば》えを良くしたって結局は、人に汚名《おめい》を着せるってことなのよ？」

副会長はそう、高圧的に告げるけれど寒沢さんの表情は変わらなかった。これもきっと、私のため。彼女は、別に本気じゃないんだろう。行方不明の生徒を会長が殺した、なんて本気で言っているわけじゃない。都市伝説なんか最初から、信じていなかったのかもしれない。でも、私のため。ばかみたいに彼女を信じた私のため。

「それなら、この沼を調べましょう？　私が勝手にやったということにすればいいです。この泥を全て、園芸屋に買い取らせます。それで、いいですか？　そこから骨が出てきたら、自白してくださいますか？」

彼女は沼の周りを少し歩くと、華麗《かれい》に副会長の前で体を回転させ、沼の奥を両手の人差し指で、変なポーズで指し示す。

「そういう問題じゃないって言っているでしょう？」

「どういう問題ですか？　九条大地さんはどこにいったんです？」

「……だから」

「会長が妊娠したころに、死んでませんか？　九条大地さん」

急に、寒沢さんはそう尋ねたのだ。副会長が、即、彼女の頬を叩いた。

「いい加減にしなさい！」

「なんです？」

寒沢さんはうつむかなかった。少し顔を傾けて、私のほうに表情が見えるようにしている。笑っている。

「っていうか、あなたがなんで、この写真を持っているわけ？　生徒会室に入ったんでしょ？　いつよ、いつ？　あの口紅、あなたのせいなんじゃないでしょうね？　ナイフは?!　ねえ！」

「すごい、名探偵だ」

私はそのとき、すでに、あっ、と叫んでいたんだ。それから寒沢さんは手を広げた。それが暴力の序章に見えたのかもしれない。反射的に、副会長は彼女の体を押した。

十字架が倒れていくように見えた。沼の中へ、沼の奥へ。寒沢さんが倒れていく。私が、目を開いていたこと、息をしていたこと、そこにいたこと、ぜんぶを、後悔する、そうしてそれを超えて、狂喜するぐらい、私、笑顔だった、笑顔で、叫んでいた。

舞台が終わったのだ。

「寒沢さん！」

あとは、あなたの名前を呼ぶだけだった。


光や音や、人の暴力や、死んでしまった人の魂が消える速度やそういったものを超えるぐらい、あの、保健室の布団は柔らかく私をすばやく沈めてくれる。それとおなじぐらいに、沼が、あなたを包んで、だきしめて、殺してしまうなら、私は、それより速く走るだろう。根拠などないけれど、決まっているのだ。


私は叫んだ、飛び出した。副会長は突然私が現れたことにも、その声にも、笑みにも驚いて、けれど、私が摑んだその足首を、彼女も摑んだ。

「寒沢さん、寒沢さん！」

重たそうな沼、沼の水がふとんのように、やさしくあなたを包むけれど、ひきはがす、取り出してしまう。そのときの私に愛などなかった。これは、ただの欲望だった。手が、へどろのようなもので、ぴりぴりと痛む。滑る。滑る。靴下が白い。それがどんどん汚れていく。ごめんね、寒沢さん。そう叫びながら、私はその大魚のような同級生を沼から引きずり出したのだ。


寒沢さんは目を閉じて、口を閉じて、じっとしていた。私がむりに指先で唇を開こうとすると、眉をひそめ、それからさっと目を開いた。泥が入って痛むらしい、すぐに、両手で擦《こす》り始める。体をねじり、俯《うつむ》いた。

「なに、なんなの、佐藤原さん、私が死ねば、完璧だったのに。実験ができたのに！」

本当に、彼女は怒っていて、そう叫ぶから、ええ？　と副会長が目を丸くする。でも、私はそんなの興味がなかった。寒沢さんに抱きついて、首がしまらないように、それでもしめつけた。

「冗談やめてよ、寒沢さん」

「……違うよ、本気だった、これだけは」

怒った顔。

「でも、きみは生きているべきでしょう。お母さんが悲しむよ」

「そんなの……佐藤原さんに関係ない」

「そうだよ。でも私は、そう思ったんだよ」

「……絶対嘘だよ、都市伝説」

寒沢さんはそれからすぐ、呟いたのだ。

♡

「絶対嘘だよ。こんなのありえるわけないって、本当はわかっている。わかっていた。だから証明しなきゃいけなかったのに……死ななかった。ごめん、もう少しだったのに……」

「ううん」

私の指先は、寒沢さんの涙を拭いていた。それから優しくその部分に唇を当てて、じっとした。これが、口づけなのだとしたら、いいな。そう思いながら、ただ唇を当てていた。

私はずっと、寒沢さんの皮膚を、唇だけで、触れていた。それがゆっくりと温もりを取り戻すまで、待ち続けることだってできた。影がずっとおちてくる。立ち尽くしている副会長は空を見上げて何かを考えていた。

「寒沢さん。あなたのお母さんは、あなたを愛している」

動かした唇は何度も頬に触れて、息が、声がその白い皮膚、盛り上がった部分に、当たっては去っていく。

「それを、私が、命をかけて、保証する。だから信じて。それが嘘なら、殺してくれたっていいから」

彼女は、困ったように笑った。

「信じるしかなくなる」

ぼろぼろと、崩れていく砂の城のように、彼女は涙をこぼして、まるで小さな子供に戻っていったように、私の頬のそばで泣いた。唇がつたう涙に触れるたび、やわらかく、溶けていくような心地がしていた。

気づくと、副会長は消えている。

それからすぐ、九条大地先輩は、沼で自殺したのだという噂が校内で流れはじめた。副会長は学院に来なくなり、それを心配した西岡町先輩が、教師に相談したことがきっかけらしい。九条大地先輩は、生徒会長の私生活について苦言を呈したせいで、5人の中で浮いてしまい、それがいじめになったのではないか、なんていうのは下級生の勝手な想像。九条大地先輩は消え、4人に沼での自殺予告があったという、それだけが事実だった。特に彼女と親しかった副会長はそれを真《ま》に受《う》けなかったことをずっと後悔していたらしい。

殺した、と言われるのはどんな感覚なのか、私にはわからない。西岡町先輩は、副会長も死ぬのではと心配しているらしいけれど、でもあの人は私たちが笑い合っていたあの時間を見ているのだ。私にはわかる、死ぬわけがなかった。

♡

好き、それだけがすべてです。私は、きみが秋野さんにしか欲情しないこと、ようくわかっている、彼女を愛していること、よくわかっている、それでも、伝えたいこの愛情がなんの意味もなさないこと、ようくわかっている、なんで伝えたいの？　保富くんを混乱させたいの、困らせたいの？　うん、そうかも。

「好きです」

私は、塾のど真ん中で、彼に告げた。秋野さんが目を丸くしている。保富くんは、え、とだけ言って、黙ってしまった。教室の出入り口で、寒沢さんが待ってくれている。

私はそれから鞄を抱きしめて、外に飛び出したのだ。

「それだけ。じゃあね！　聞いてくれてありがとう！」

たけれど、笑っているように見えたしそういうことにしておこう。

そうやって私が、笑った瞬間、保富くんも少し笑った。眉の部分がちょっとだけ困ってい
「だよね。知ってる」

「いや、あけみはただの……幼馴染で……」

「私は、ずっと保富くんが好きでした。保富くんは？」

「なに、急に、え？」


寒沢さんと、肩を並べて、走り出した。冷たい息みたいなものが、涙になって、こぼれていって、冬と溶け込んで消えていく。私の肌にあった、熱いものがぜんぶ、ぜんぶ脱ぎ捨てられて、急激に冬がしみるよ。

「ねえ、寒沢さん、ふられたよ」

「そうだね、ふられたね。でも、好きって言えたじゃん」

「えらいかな」

「えらいよ」

風がビューっと吹いて、私が壊れて、破片《はへん》になって、飛んで行って、また別のだれかの肌にあたって、その人が、恋を始めてしまいそうなぐらい、いま、私は愛を素晴らしい、って

断言できてしまう。このままだれも殺さずに、だれも死なさず、だれも産まずに、私がこうして、立って、かならず笑ってしまうであろう、とわかっていて、いま泣いていること。

「やったぜ！」

「やったぜ！」

二人が肩を寄せてクスクスと笑う。交差点の真ん中で、雪が降り始める。私たちはそのうち、結婚したりするのかしら、だれか産んだりするのかしら。

「ねえ、私たち、恋人にならない？」

寒沢さんが笑って言うから、私も笑って頷いて、今度はきちんと彼女の唇に、口づけしたんだ。

宇宙以前

1　宇宙人

「きみは自分のことを生き物って思っているかもしれないけれど、ぼくらが保護したい、いのちとは別物で、（きみが思っているよりずっと）たいしたことないからね」

うん。ぼくはきっときみたちにとって、生きていない、死んでもいない、はじめから「生物」じゃない。だれもが当然だと思う「重んじるべき生命」じゃない。科学的に調べ、生物だと結論づけることはもちろんたやすいけれど、かといってそれを本質的に理解することはきみには不可能ね。

ぼくらときみたちはあまりにも違いすぎた。たとえばぼくらが石ころを渡され「そいつもいのちです」と言われたら嫌悪《けんお》も、嫉妬《しっと》もなくただ否定するだろう。同じようにかれらはぼくらを否定する。「きみたちは、さほど生きてないよ」って。まるで生物を殺すぐらいなら死んだほうがましと言った口で野菜を嚙み砕くベジタリアンのごとくさ。生物であるはずのものを、生物として扱えないのは、生命というものがはじめから感情に沿って定義されたものだからだろう。花をたおることにさえ躊躇《ちゅうちょ》する少女がいる一方で、大多数は動物を殺すぐらいなら植物を殺すではないか。「知っている？　動物は植物になれなかった落ちこぼれの生命が、仕方なく進化した末路《まつろ》なんだって！（びっくり！）」ぼくらは植物を下位に見て、動物を優先している。その根拠はかんたんで、動物が植物より自分たちに似ているからだった。

だからぼくたちはきみを否定しちゃう。きみたちもぼくを否定しちゃう。まったく異なるきみたちを、ぼくらと同じだなんて思えない。動くぼくらが動かない植物を軽んじちゃうみたいに、あたりまえのことを指摘するみたいに言ってしまうんだ。「あなたたちは、いのちじゃありません。たいしたことありません。ごめんなさい、だって本当に、あなたたちって生きていないじゃないですか、わたしたちは生きているけれど、あなたたちは生きていないじゃないですか、それが事実じゃないですか。あなたたちは勘違いしているんです。あなたたちはいのちじゃなくて、……なんなんですか？」

「宇宙人です」

それってとても楽しそうだ。きっと宇宙人に会えばぼくはこんなことを議論するだろう、やあ、きみはどうやら生命ではないようだね、そして宇宙人も負けずに、あなたこそ生命ではないようだ、と言い返す。ぼくと宇宙人はたがいにいつまでも否定しあい、おまえなど生きていないと叫び続けるのだ。決定事項だ、まったく関係のないところで、まったく地球と異なる生命体が誕生し進化しているとしたら、それらの生命の概念《がいねん》はぼくら地球上にある生命の概念と一致などしない。宇宙人を本質的な生命だと認めることは出来ないに違いなかった。ぼくらにとってかれらはいのちではないし、そしてそれはかれらにとっても同じだ。争いは避けられず、それなのにぼくらもかれらも、いのちであることになんの根拠もない神聖さと、誇りを抱いている。ぼくらがかれらと遭遇《そうぐう》すればきっと、あたりまえだったはずの生命としてのアイデンティティが引き剝《は》がされて、自分になんにもないことに気付くのだろう。生物であるという点でしか自己の価値を保てないことに気付く、生きるということにしか自己を見出していなかったことに気付く。生命であるという事実がぼくらを形作っていたならばそれを失ったときぼくらはなんになるのか。だから、ぼくは宇宙人に会いたい。

✻

兄はそう言いました。私はそれを聞いていました。次の日、パパとママが八冊の古い日記を渡してくれました。それを兄は読み、絶望をして、外へと飛び出し、ゆくえが不明になりました。

どうして?

宇宙人がどこにもいないって、わかったからです。

2　飛行士

十三年後のある家で、ある人は、花束を受け取ったんだそうです。それはかれいわく、光り輝く花で、これほど美しい花を見たことはなかったんですって。

✻

やあ。

ぼくはあるとき花束を受け取ったんだ、隣国《りんごく》の花屋から届いたもので、丁寧《ていねい》に水を吸わせた綿と大量の氷で、切花の断面が包まれていた。「なんども給水をしました」と、運んできたひとは言った。

「わたしはあの丘から、この家まで、運ぶ係でした」

指差す先にはこの近辺でいちばんの高台《たかだい》があって、プラネタリウムの改修工事が、ちょうど今日終わったところだった、中心にある滑らかな円い屋根と、その背後にそびえた剣のような塔が、日光で輝いていて、きっと大工があそこで拍手《はくしゅ》をしているとぼくは思う。

「枯れていないね、ありがとう。きみはもう帰るの？」

「ええ。お礼はすべてこの番号に」

彼女は小指の爪で花束の包み紙を指して、花束の包み紙には花屋の電話番号が書かれていて、ぼくがそこに電話をして、『はいこちらは、きみに花を贈った花屋』と電話の向こうが答え、「花をありがとう、きれいだ、枯れていない、見たこともない花だ」って、『この国にしか生えていないんだ。きみのところは最近なにか変わった？』って、そんな会話、ほら、かれを旧友だと思い込むまでに数分しかかからなかった。

「鐘《かね》がよく鳴るよ」

ぼくは答えた。花はよく輝いていた。

『そうかい？』

毎日、教会の鐘は一日に三度鳴っていた。ぼくは時計を持っていないから、そのたびに卵を割り、毎日三個の卵を消費している。けれど最近は定刻にならなくとも鐘が鳴って、だから卵を割りすぎてしまう。

「ひどいことだよ」

『それは悲しいね。それならきみ、飛行士にならないかい』

花屋は言った。ぼくは「飛行士って？」と尋ねたんだ。

『乗り物に乗って、空を飛ぶ人のことだよ』

「へえ、空を飛ぶ？　鳥みたいに？」

『そう、きみは、空から落下していくときに見える、光のゆがみを見たことがないだろう？』

「それは……教会にある洞窟の絵よりも美しい？」

『どんな絵も及ばない。光には速度があるんだから……きみは好きな星はあるの』

「オリオン座だよ。そろそろ空気が冷えて、もっとずっと世界は透明になるだろうから、もっとずっとよく見えるようになる」

『そいつにも少しばかり接近が出来る』

かれはそれから『お城にきっと乗り物があるよ』と続けたけれどぼくはお城というものを知らなかった。

『王様がいるところだよ』

とかれは言った。

「箱を開けるとくるくる回るよ」

『オルゴールのことじゃない、高台にある建物のことだ』

開けたばかりのオルゴールを閉じると同時、通信が切れる音が、そんな音とは知らなかった、まるで、急に風船が燃えて灰になってしまったような音がして電話は切れてしまった。

「ああ、プラネタリウムのこと？」ぼくの声はひとりごとになる。

届いた花の中では光が震え、ぼくはその中に顔をうずめた。すこしも比喩《ひゆ》じゃない。本当に花は光っていたんだ。

光る花が届いた。

花は切りなおし、サラダのためにあったガラスの皿で水に浸してやることにする。中心は電球のように光っていて、水面のちいさな波さえも照らしぼくに知らせた。

それから向かう。アパートの共同廊下を通り階段を下りると雨が降っていて、レッドオレンジ色のフリル傘を開くと、いくつかのカードが、雨を吸い込んで使い古したスポンジのような土の上にささる。サンという幼い友達のいたずらだった、ぼくはサンが大好き。それを拾い上げて、芝生色《しばふいろ》のマントのポケットにしまいこむと、指先に青いインクがついて、あれは舐《な》めると甘い味がたしかしたけれど、今日の湿気《しけ》た空気の中で甘さはどうしても欲しくないと思った。

ぼくは妹が欲しいと思っていた。サンはそんな友達だった。妹ではないけれどぼくは妹が欲しいと思っていたからサンが大好きだ。堀でかこまれているその建物は、建てなおされたばかりでたくさんの人が橋を渡り、中へと吸い込まれていくのが高台にのぼるただ一つのうねった光の道からも見えた。ぼくはその流れにぽつんと、川へ落ちる雨のように触れただけで、ただそれだけなのに急流へ、そのまま吸い込まれ入り口へと運ばれていく。堀に魚がいるのか見たかったのに。

ベッドの下にある古い木箱のような扉を通りぬけていくとすぐ、巨大なホールがある、その天井には粒の形がきれいな光のかたまりがあちこちに吊《つ》るされて、すばらしいプラネタリウムですね、とぼくには支配人へ賛辞《さんじ》を贈る義務が生じた。けれどだれもが客人の動きをして、りりしく立ち尽くしてなどいない。ぼくは何度もあたりを見渡し、それらしき人物を探したのだ。ホール奥の階段で道をふさぐようにして謙虚《けんきょ》に並んだ青い服のかれらを見つけたのはいつだろう、ともかく、ぼくはかれらがプラネタリウムの支配人だと信じて疑わず、走り寄り、抑えきれなくなった感動をぶつけた。

「すばらしいプラネタリウムですね！」

まずぼくは殴られた。

✻

『そりゃあ、殴られるよ』

花屋は言う。

「え？」

帰宅したぼくがアパートの扉を開けてすぐに電話が鳴り、事の顚末《てんまつ》を知らせたときだった。

『プラネタリウムは使用禁止用語だろ。青い服は多分警備官で、きみは危険人物とみなされ排除、そんなところだろうな。だから殴られ追い出された。横暴《おうぼう》で狼藉《ろうぜき》だね』

「え？」

『だ、か、ら、きみはプラネタリウムと口走《くちばし》ったから殴られたんだよ』

ぼくはその理論論理がわからない。『なにせ、きみの国では、星や空を愛すること自体禁じられているだろう？』「そうなの？」

『きみはそれを知らない？　そんなばかなことがあるかな。星座もプラネタリウムも覚えているのに』

「ねえ、それ、なんのこと」

　この国は星を呪っているのだ、知らないの？　受話器からはそう聞こえた。


『きみの国は星が嫌いだよ。呪ってさえいる。月の出る日は魔物が来ると雨戸を閉めて息をひそめ、ゆるやかな坂道を下るみたいに、頭上で流星が四方へ落ちる日は、まぶたを閉じるだけじゃ恐ろしいと、枕に顔をうずめて眠るんだ。いつも深く帽子をかぶり、青空の色を瞳に落とすことさえ避けた。星を愛しているのは、そこではきみ一人だけだよ』そんなばかなことがあるかしら。『あるんだよ』それはひどいね。

　ぼくはかれの話にうなずいた。

『だけれど、それは昔からのことではない。過去にはだれもが星を愛したし、空を夢見ていた。星を見たら目が腐るだなんて言い出したのはまだ百数十年前のことでね、気球という航空機のとある飛行実験が『これ以上ないほどの成功』を収めた翌日に、空と星の排斥《はいせき》が始まったんだ。当時の国王は、なにかうらみでもあるんじゃないかと言うほどに徹底した統制を布《し》いて、関連の本は燃やしたし、もちろん航空機はすべてが破壊された。今きみの国に残っている風習も、たとえば帽子で空を避けることなどは当時の国家が裏で広めたものだろう。

かれらは空や星に魅《み》せられることを狂気だとか、不健全だとか言ったらしい、どれも歯が浮くような単語のセレクトだったけれどその分ずいぶんと効果があった。結果的に一度だって星を見たことがない子供が、さらには星の存在を知らない子供すら現れたんだから。もちろんきみの国にプラネタリウムなんて存在しえないし、そんなものを知っている時点でそいつは危険だとみなされてしまうってわけだ』

それならどうして、ぼくはプラネタリウムを知っていたのだろう。

『どうしてきみは、プラネタリウムや星座を知っているんだろうね。本当は、きみ、思い出しているんじゃない？』

かれは言った。

『記憶が残っているのを、隠していたりする？』

ぼくの指はいつの間にか電話を切っていた。

＊

十三年前、兄は出て行きました。

あの朝、踊りながら、兄がバルコニーから飛び降りて、枝葉《えだは》が頭にからまったまま走って街へと降りていったとき、私、兄さんはもう帰ってこないと思った。兄の頭にはちょうどバラが絡まっていて、いくつかはつぼみだった、とげで耳に切り傷が出来て、赤く、光が灯《とも》ったように遠くからは見えていた。赤い星の温度は低い。だからその生命らしいはずの赤が、ひどく低温で、まるで兄からすこしずつ命という概念が抜け出ていくようだった。

兄は、客人をもてなすことや、パパの機嫌を損ねずに自分の意見を押し通すことがどうしたって出来ない人ではあったけれど、不思議なほど物事の理解が速く応用力に富んでいた。兄が七歳、私が五歳のとき、城の広い書庫が私たちに与えられてから、兄は一度読んだ本は燃やしたって構わないほど隅々まで記憶して、その内容を話すときだけはひどい口下手《くちべた》が改善された。帝王学から数学から、美学や天文学、医学、哲学といった多様な学問を蔵書《ぞうしょ》から吸収していき、そのことを兄は私以外にあえて知られないようにしていた。

「兄さんはすばらしいのだから、もっとパパやママに教えてあげるべきよ」

「どうして」

「二人とも、きっと喜ぶわ」

「君も喜ぶんだろう」

「そうね、私もうれしいわね」

一族の日記を渡されたのはそれから数年後のことだった。日記は八冊にも及び、中には小さく崩れた文字が詰め込まれている。緑色の質素な表紙の中央に、巻数を表す金の刻印《こくいん》が施されていた。そのころすでに兄は書庫の本をすべて読み終わっていたけれど、私以外はだれもそんなことは知らなかったのだから、兄が受け取った日記の量に驚いたような顔をしたときそれが本心だと信じただろうし、自室へ閉じこもったとき、私以外だれもたった数時間でそれを読了してしまうなんて思わなかったはず。私だって、兄がそのまま城を出て行くなんてことは思わなかった。
きっとあの日記になにかあったのだろうと、兄の背中が霧の中へ消えていってすぐ、私はパパやママにそのことを知らせるよりも先に兄の部屋へと忍び込んだ。ベッドの上には日記が八冊すべて広げられ、風にゆられ、ページが波のようにめまぐるしく変わっていた。そのそばで私が兄に渡したクッキーが数枚ハンカチの上に置かれていて、その一枚は割れている。窓を閉め、静かに黙り込んだ日記を一冊ずつ片付けていたとき、二巻のあるページにクッキーの欠片《かけら》がひとつふたつ挟まっていることに気づき、私はそこを広げたのだ。

今日、私に電話があった。会わなかった？　と問われた。会わなかった。『予定外だよ、まさか警備官が追い出してしまうとは思わなかった』軟禁《なんきん》してくれていればね、私も会えたのだけれど。私、そのとき、町の帽子屋に行っていて。かれらにはよほどの人物はとどめるよう言っておいたけれど、きっとプラネタリウムという言葉がマイナーすぎたんだわ。その危険度が警備官にもわからなかったのよ。『まだまだ思い出せないみたいだよ』え？『ぼくがかれを見つけたときよりはもうずっといろんなことを思い出しているようだけれど、でも肝心なことはね、なにも。つぎは、きみが待ち伏せをしたまえよ』
そうね。

3　隣人

　ぼくが飛行士になっても、空へ行く乗り物がこの国にはもうないのではないかしら、そう気づいてしまったら眠りが終わらなくなってしまっていた。きっとかれはぼくをからかったんだろう、殴られると知っていて城に行かせたんだ、なんてひどい。それ以外の可能性を、ぼくの内部が考えたがらなかった。そしてひどい眠気につれさられ空の夢は遠のいていく。ひさしぶりの白い空洞のような光が町に落ちたとき、定刻の、教会の鐘が鳴り、きっとぼくは忘れてしまったようにまた目を覚ますだろう。

　豪雨《ごうう》が最近降らないでいた。いま太陽はちょうど雲の隙間から目を出して、ぼくのカーテンを貫いている。雨漏《あまも》りがしなくなって助かるわ、とアパートの隣の部屋に暮らすサンの母親が娘に向かって言っているのをぼくは壁越しに聞いていた。「そのとおりだね」ぼくも、壁紙を張り替えていた。「もう染《し》みができることはないからね、淡い水色か桃色かにしようと思って、そのどちらかにしたんだ」「白色にしか見えない」いつのまにかサンがぼくの背後に立っていた。「よく見てごらんよ」「見たわ。白色にしか見えない」「ぼくが言いたいのは水色と桃色だよ」「同時に、色がふたつは見えないのよ」サンはおもしろいジョークを言う。「おもしろいジョークだね」

そのころ遠くで教会の鐘が鳴った。ついさっき、鳴ったような気がするのにいつもよりも多めに、ゆっくりと響いていた。

「ぼくはね、サン、きみが生まれたときを覚えていないんだ」

「そうなの？」

手を洗い、

「きみは、ぼくより年上なんだろ？」ぼくは台所で卵を割る。

「そんなことはないわ。お母さんは私を生む前からあなたの隣に暮らしていたって。きっと忘れてしまったのよ。だって、昔、あなたはいつもぼんやりして、まるでなにも聞こえていないみたいだったっておお母さんが言っていたもの」

「そんなこと知らない」

「覚えていないのよ、きっと。記憶喪失ね」

違うよ。そう、ぼくは少し乱暴に言ったらしい。気づいたら、サンは部屋から消えて、ぼくはまた独りぼっちになっていた。

＊

「ぼくは記憶喪失らしいんだ、もう一人の友達にも言われた。でも絶対に、絶対に違うんだよ。記憶喪失じゃないんだ。だからもう絶対に記憶喪失なんて呼ばないでほしい」

そんな手紙を書いていることに、ぼくはふと、手元を見て気づいた。

窓を見ると黒い雲がいつのまにか、空を埋め尽くして、ぼくの視線の先で漂《ただよ》っている。今すぐにでも湖ごと落ちてくるような雨が始まりそうだったのに、抑えられているかのようにぱらぱらとしか降らないでいる。でもそれよりも重大なことには町にだれもいないのだ。

時々あることだ。

傘をさして町を歩いてみてもだれともすれ違わず、店もほとんどが閉まっていた。もし開いていたとしても店員がおらずぼくは代金を多めにカウンターにおいて、果物やパンを手に入れる。今日はそれでも快適だった。いつもは鐘がたくさん鳴ると、町から人はいなくなるし、鉄格子《てつごうし》の窓の向こうでは、洗濯物から窓枠まで、鳥みたいに飛んでいくのがいくつも見え、しまいにはドアさえ開かずぼくは外に出ることさえできないのだから。しかも卵を割りすぎる。だからぼくはしかたなくホットケーキを焼くんだ。割ってしまった卵に砂糖、バター牛乳バニラエッセンスを混ぜたら、その次に薄力粉とベーキングパウダーを加えてフライパンで焼く。焼けたケーキの表面にバターを塗って、メープルシロップをたっぷり用意する。でも、だれもいないんだ、だれもいないから山積みになったホットケーキを、いっしょに食べてくれるひとがいない。バターが溶けて、染みこんで、加速していくメープルシロップの中に、ぼくの顔とランプの光だけが反射されて、ぼくはだから歌を歌う、それはとても悲しいことだ。

公園にたどり着くと、ぼくはブランコに座って灰色のライ麦パンをちぎって食べた。アンズのジャムが指についたり、弱い雨が、ずっと傘を鳴らしたりしてぼくは退屈しなかったけれど、ふと鼻の頭にしずくが落ちて、顔を覆《おお》ってじっとしていたくなった。懐かしい気がした。サンが生まれたときのことを思い出せる気がしたのだ。それだけじゃない、たくさんのこと、ぜんぶが。

「どうしたの？」

声がしたのは、ぼくが顔を覆ってすぐだったか、ずいぶんと経ってからだったか。目の前にサンが赤いコートを着てきつねのマフをつけて立っている。今のサンだ。生まれたばかりでも生まれる前でもなく。思い出したわけでもなく。

「怒って出て行ったんじゃないの？」

ぼくは聞いた。

「なんで私が怒るの？」

「だって、いなくなったから」

「だって鐘が鳴ったんだもの」

すぐそばの道に馬車が走り、サンのそばにはサンの母親がいて、すぐ先に見えるレストランの扉はまた開いていて、「今日はすぐに戻って来られたわね」サンがなぜかうれしそうに笑っていた。

4　迷子の城

その日は何時に起きたのかがわからなくなった最初の日だった。だれもがそうだったのかもしれない。公園でパンを食べたあの日から上空ではずいぶんと曇りが続いて、雲がミルフィーユみたいにしだいに分厚く重ねられていき、昼なのか夜なのか、さっぱりわからなくなっていた。もうすでに、分厚い雲の最上部が月とついに接地して、粉砂糖を振ってもらっているかもしれなかった。眠るともう、時間軸からこぼれてしまうんだ、ぼくはそれをシーツの上で知った。指は受話器をとらえていたけれど、しばらくの沈黙のあと番号は押されず、受話器は元に戻される。コーンポタージュを作ろう。生クリームをとりに冷蔵庫のほうを向いたそのとき、ちょうど電話が鳴った。

『やあ、目が覚めたようだね』「うん」

『長いこと眠っていたね』「そう?」

『このまえは急に電話を切られてしまって驚いた』「そうだった?」

『そうだよ。覚えていない?』「うん」

ぼくはサンがいなくなってしまった日のことを話した。ずいぶんと悩んで、きみにも電話しようかと思ったんだと。

『それは避難だね。きみ、前に教会の鐘が鳴ることが増えたと言っていたね？』

「そうだよ」

『なら、きっとそれは警鐘《けいしょう》なんだ。嵐が来ると鐘が鳴り、きみの国の人間はみんなどこかに避難する、最近は嵐が多かったから……』

「でも昨日は嵐なんてなかったよ？　小雨《こさめ》が降ったぐらいで、すぐに終わった。そんなことはめずらしいってサンも言っていた」

『それはぼくが』

「え？」

『まあそれはいい。とにかく本当はすごい嵐が来るはずだったんだよ、ちょっと空の予定が変わったんだ』

「そう……にしても嵐ぐらいでどうして避難などするのかしら。家にいれば安全なのに」

『自然の驚異を知らないほうが、ずっと空に魅せられないからだろう』

花屋は『きみの国の天気予報が外れたのははじめてのことなのさ』誇らしげに述べた。

『警鐘が鳴れば必ず嵐が来たし、鳴らなければ決して来なかった、この数十年ずっとだ。でもはじめてそれが外れた。国にとってこれは恐ろしいことだろうね。警鐘の信頼がなくなれば、だれかは避難をやめて、嵐を目にすることになるかもしれない。嵐で大切なものがひきはがされ吹き飛ばされる恐怖は、自然を畏怖《いふ》するきっかけになる。そして畏怖は一方で、美しさの源《みなもと》でもある。自然というものを恐れてしまえば、星や空を目にしたとき、よりいっそう感服するものだ。国はそうなると困るだろう。星の美しさに国民の心を奪われたら嫉妬どころじゃないんだろう。とにかく、きみが元気そうでよかったよ。サンも帰ってきてくれたんだろう？　ぼくは機嫌を損なってしまったのではないかと思ってしばらく電話もできずにいたんだ。別のことで悩んでいたなんて、心配することもなかったんだな。空を飛ぶことには、まだ興味があるのかな？』

「空を飛ぶ？　鳥みたいに？」

『このまえ話したじゃないか。飛行士に誘っただろう？　きみをぼくが』

「ああ、そうだったな、ぼくにきみが」

ぼくはすっかり忘れていたのだ。「でも空の乗り物は全部壊されたんじゃなかった？」そして呟《つぶや》いて思い出した、ぼくはかれに嘘を教えられたんだ。そして殴られた。殴ったのはかれではなかったような気もするけれど、ともかくぼくは怒っていたんだ。

『きみが電話を切るから、そこまでしか話せなかったんだろ。話には続きがあったんだよ。乗り物すべては壊されたはずだったんだけど、実はきみの国には最上の航空機と呼ばれている航空機がひとつだけ現存している。ほら、まるで、国でたった一人だけ星を愛するきみにぴったりだと思わないかい？』

「それはすごい」

ぼくは喜んだ。

『それは皮肉にも気球排斥の最中に見つかったんだ。まだ破壊されていない気球がないかと、図書館の裏にある小さな倉庫を捜索しにきた警備官が、倉庫の奥にある埃《ほこり》をかぶった巨大な物体に手を触れたときだった。その倉庫すら、だれが建てたものかは不明で、もちろん、航空機をだれが作ったのか、いつから存在していたのかはわかるはずもない。あまりにも従来の航空機と形状が違い、空を飛ぶものには見えなかったはずだが、警備官はふとその表面に触れた。触れた瞬間、埃はすべて吹き飛び、刻印された見たことのない文様《もんよう》と、輝きに目を奪われたのだ。かれはそいつが自分より高く浮かび始めたことに気づく暇もなく、風になったかのように中へと飲まれていきそのまま200ヘクトパスカルの旅をした。そいつは気球や飛行船が動力とする浮力を一切用いずに、桁違《けたちが》いのスピードで、どこまでも高く飛んだ。この経験が警備官に大きな影響をもたらしたらしくかれはそれからすぐに退職を申し出て、その後は行方不明《ゆくえふめい》になっている。うわさでは空に魅了されたらしいね。とにかく、この航空機は形も構造も気球とはまったく違い、発見当時の技術では解析はまったく不可能で、なぜ浮かぶのかすらわからなかった。当然、国はたった一機しかないそいつを気球と同様に破壊することを躊躇した。一度壊せばもう永久に再現できないものに終止符をうつことは、歴史に名を残すほどの勇気か、世界を滅ぼすほどの愚《おろ》かさが必要だからね。幸か不幸か、そのどちらをも当時の国王は持ち合わせていなかったわけさ。そしてその航空機は今でも、代々の国王以外だれも知らない場所に隠されている。……で、だ。ぼくはきっとそれがお城にあると思っている、灯台下暗し《とうだいもとくら》と言うだろう？　だから明るく照らしてみようと。ぼくはとにかくその航空機が見たい。空を自由に愛することができるぼくの国だってあれほどのものはいまだ作れていないんだ。だからぜひ見てみたい。きみがそいつを見つけて乗ってきてくれたらどれほどいいことだろうか！　そうなれば空のこと、星のこと、なんだってぼくが真実を教えるし、なんだって譲り渡せる気持ちでいるよ。きみに贈った花がたくさん生えた花畑が広がっているのがぼくの国なんだ、すばらしいところだよ、だからきっときっと、頼むよ！』

かまわないよ。

✻

コンロの火を消し大きなカーディガンを羽織《はお》ると、玄関の扉を開けて冬の空気に溶けた。冷えは、光のように肌に触れてまぶしい。ぼくの体温だけがそこに残り、まるでひなたになったようだった。郵便受けのすぐ下に大きな花が三輪、花屋の包み紙にくるまれて置かれているのを見つける。指先でそれらをひろいあげると、ぼくは外へと出ていった。

風も光も音も消えていた。

高台へと、密集《みっしゅう》した街灯でふちどられた大通りを通ってぼくは向かっている。銀で舗装《ほそう》されたようにまぶしいみちのりは、蛍光灯のチューブに迷いこんでしまったような心地がして、ぼくは同じく光の中から生まれたような花束が、このチューブの中で溶け出してはいないかと不安だった。なるべく後ろ手に隠すように、地面に向けてぶらさげて持ってはみても光は影がなければどこまでも追ってくる。「あの星たちどこに行ったのだろう」

ここ数日、オリオンの三連の星を見失うようになっていた。

城はバケツに溜め込んだ夜を浴びてそこだけが沈んだ船のごとくに暗い。光のチューブから少しだけ離れて、まるで深海にあるようだ。足元を照らしていた花束を掲げお城の前に立つと、すでに扉は薄く開いているのがうっすらと見えた。丸い目がこちらを覗いている。ぼくは、数歩後ろに下がって、それを見つめかえした。彼女はお姫様だった、なぜならその豊かなドレープが幾重《いくえ》にも見えるドレスを着ている彼女に「お姫様だ」と言ったら「お姫様です」と答えたから。

「でもこれはパジャマよ」

お姫様ははにかんで、ドレスの端《はし》をつまんだ。「今は夜なの？」「そうね。鐘がしばらく鳴らないでいるでしょう？」彼女は時計を買いなさい、と続けて言う。夜だったらしい。「でも、ぼくはすでにずいぶんと寝てしまって……、今が夜だとしたらぼくは眠らなくちゃいけないのに」

「なら、目覚まし時計を買うといいわね。その花はどこで手に入れたの？」

「え？」

彼女はぼくがぶらさげていた花束を見つめていた。朝露が泉に落ちて波紋をひろげるように花からこぼれた光で、ぼくのブーツが夜を切り開いて浮かんでいる。

「この花は」

「その花は？」

「もらったんだ」

「もらったの？」

ぼくは紳士としてゆっくりとそれを差し出そうとした、湿った土の上を白い光がまるく走り、扉の奥からはみだした彼女のドレスをかすったとき、「とりあえず、中に入ってくれる？」彼女はそう言い残して扉の向こうに消えてしまった。

✻

「だれに？」

入ってすぐのエントランスホールの真ん中には、小さな蠟燭《ろうそく》だけが吊るされ天井を照らしていた。光が足りなく、それでも影が存在するだけの薄暗さがある。影の反射で物を見て、影と影で触れ合うことができる子供たちが暮らす町があればきっとこんな空だろうと、太陽は北極星ほどちっぽけに、頂上にくっついているのだろうと、ぼくの両目は思っている。

「だれにもらったの？　この国の花じゃないでしょう」お姫様は大きな錠前《じょうまえ》を抱きしめて言っている。

「そうらしいね」

扉を閉じる音がして、

「光る花なんてここにはないわ。ヒカリゴケぐらいね」

錠前を扉にかけた音がして、

「ぼくは、これを持っていたおかげで一度だってつまずかなかったんだよ」

「ふうん」

ぼくの手から花がすり抜けて鱗粉《りんぷん》のように光が散る音がした。彼女はぼくの花を、ぼくの頬《ほお》にかかげ、ぼくの顔を見たのだ。

「やっぱり」

彼女は言った。彼女はぼくの妹だった。「兄さん!」

なぜなら彼女がそう呼んだから。

5　航空機

兄は王子様だった。私はお姫様だった。一族は国を治め、城に暮らし、空を、星を、国民から統制で奪い去った当事者だったけれど、一方でこの一族の子供たちだけが、空や星を眺め、愛することを許されていた。この矛盾《むじゅん》の中で、幼い兄は好んで天文学の本を広げ、エウロパのことを私に話してくれた。

エウロパは木星の衛星だ。凍《こお》り付《つ》いているのは表面だけで、その底は溶けてシャーベットと水がある。それがエウロパの海だと兄は言った。エウロパの海は地球の海とよく似ていて、生命がいる可能性がずいぶんと高いそうだ。

「そこにもしも生命がいて、そいつがぼくらとまったく違う生き物だったら、ぼくらは、かれらをちゃんといのちと見なせるだろうか。ぼくらはかれらにちゃんといのちと見なされるのだろうか。自分たちが生きていると狂信できなくなったとき、人はどんな反応をするのだろう」

それが兄の口癖《くちぐせ》だった。そして私にとって一番どうだっていいこと。木星やエウロパなど、近くて、近くて、なんの価値もないと思います、兄さん。たとえ尊敬するあなた様が熱心に教えてくださっても、ちっとも心にひびかないのです。こればっかりはどうしようもないのです。なにせ宇宙の価値というのは広いことにございます、ですから近い星など気にしていても無駄なのです。心の中ではそう思い、しかし口には出さなかった。

私はどこよりも広いからこそ、宇宙が好き。小さな点にしか見えない星が、巨大な星であることや、隣り合って見える二つの星が、途方もなく離れていること。それを想像するだけで、私は自分がちっぽけだと思い知ることができる。だから好きだ。全天の広さは私を0に収束させる。それを繰り返し思えば、空洞の中で浮かび、重力から解放されたように眠ることができるはず。

兄だって私とほとんど同じだろう。宇宙人に会って、自分が生きていることの確証を奪われるのは、つまり自分のアイデンティティを引き剥がされるということだ。兄はそれを望んでいる。自分が無価値であることを、きちんと証明しようとしていた。私と、なにも違わない。似ているんだ。空の歴史を背負ってきた一族にとって、自分が本当はただの無力な影であること、それはむしろ救いだ。だから私は何も言わず、ただうなずいて話を聞いた。

　そんな希望を、あの日記はうばってしまった。兄は宇宙人がいないと知って、だから出て行ったのだ。


『きみのお兄さんを、見つけましたよ』

　数日前電話があった。私の兄は出て行ったきり帰ってこない。それが十三年続いていた。

『私なら、かれをあなたのところまで案内してみせましょう』

　それはすばらしい提案。「すてきね」

『ただし私の要望も叶えてください。内容はお兄さんから聞くことができるでしょう。お兄さんが帰ってから、カウントダウンがはじまります。あなたなら私の願いを簡単に叶えることができるでしょう。ですから一切待ちません。すぐ実行に移してください』

✲

「そういえば」

「ええ」

「きみはぼくの妹だったな」

「でしょう。ご覧ください、あなたと同じそばかす」

「ああ、うん」

「やっと帰っていらして、いったいどうしたんです？」

「航空機を探しにきたんだ」

「……航空機を？」

「隣国の花屋から電話があったんだ、飛行士にならないかって。この国にはひとつだけ航空機があるらしいって」

「……花屋は航空機を自分のところに持ってきてくれと言いましたか？」

「そうだね」

「兄さん思い出してください」

「え？」

「ここに隣国なんてありませんよ」

やあ、雲が大きく対流するような、泡立つ音がして、妹の色が青く染まったのが花の光の中に見えたよ。妹が慌てて開け放った扉の向こう、そこは夜だ。十三年前、飛び出したころにはすでに、夜は朝に敗北していたけれど、今日このときは、黄色い閃光《せんこう》によって引き裂かれた夜が、白くしびれたように光っている。

「嵐だ」ぼくは言った。「数分で、雨が来るな」

竜巻《たつまき》と雷《いかずち》が交互に現れている。高台から見える空と町の狭間《はざま》は死や天国や地獄だ。風の柱と電気の柱は、森のようにひしめきあって、あれがすべて銀だったなら重厚なベルの音が聞こえていただろう。アパートの共同階段が、まるで始まりのようにちぎれ空高く、天使の梯《はし》子《ご》となった。ちょうど、二つの竜巻がはなれその狭間の奥にそびえる教会の鐘塔《しょうとう》が、小さく見えた瞬間だった。「これがカウントダウン」妹は叫び、ぼくの手を引いたのだ。

「兄さん、行きましょう。花屋のところへ!」

妹が指差す先で、鐘塔が泥のように崩れ落ちた。そして、それでも空中に浮かび、こちらへと近づきながら鳴る鐘が見えている。妹は言った。

「あれが、航空機です!」

「……えっ?」

✻

大地から魚の群れが飛び出した、ようなものだ。それはただの風で、ぼくの体はそれに乗って空を飛んでいた。いったいいつ空中に浮いたのかわからないまま、空間を横断している。目前にある問題はやってくる鐘とぼくの衝突だろう。あれは鐘だ、どう見ても鐘だ。それでも風はぼくとそいつの距離を縮め、ぼくは衝突を恐れることしかできないでいる。なんて、なんて無力だろう。球面上では丸い光がラリーをしているのを見つめながら、その奥から「ああ……ああ……」とぼくの声がくりかえすのを耳にした。

ふと、そのとき自分はすでに中にいると悟ったのだ。体は既に向こうにいて、いま、意識も遅れてそこへ到達するのだろうと、気づいた。

「やあ」

円い床にころがっているぼくの体に挨拶をしていたのは、まぎれもなくぼくだった。それからいっしょになった。ぼくの心臓はきちんと動きそしてぼくとして働き始めた。ぼくは、ぼくに戻る、飛行士になる、空を飛ぶ。あたりを見渡すと、外部の映像を壁に映写しているのか、銅色の壁は透けているようで、吹き飛んでいく馬車が雷を反射させながら通り過ぎ、黒い髪のような風が、雲の下を切り裂きながら、乱れて走っているのが見えた。それらと肩を並べて上昇しているなんて恐ろしいことだ。ちょうど妹が隣に飛び込んできて、ぼくは「こんなの、ぼくは知らなかった。これは……」「教会の鐘」「知らなかったよ」感想を述べた。飛ぶ、帽子たち。城の近くにあった帽子屋が、標本の蝶が巣立ったようにからっぽになっていく。その渦《うず》と並走《へいそう》をして鐘は加速していた。

「我が家でも、代々当主だけが知ることになっています」

「それじゃあ、きみがいまの当主？」

「最近、パパが死んで。それからです。でも兄さんが帰ってきてくれたから、これからは安心ですね」

「そうだね」

父は死んだのか、とだけ思った。鐘は上昇を続けていた。雲の中は雷が走り、快晴の日の、太陽を飲み干した牛の腹の中のごとく、白くあたたかな雲はどこにもいない。内部は影に浸されて、ぼくは少しも嬉しくなかった。「薄いカーテンのほうがましだな」ぼくがそうつぶやいたとき、肌から意識が抜けていくような感触が襲《おそ》った。減速がはじまったのだ。天井から白い光が差し、周囲の雲も薄く輝き、次第に、雲がちぎれはじめる。「200ヘクトパスカル、雲の終わりです」妹の言葉にぼくは立ち上がり、光を迎えに手を広げたのだ。あ！でも！

花畑が見えた。

上下さかさまで。

6　こんにちは

まぶしくて見分けがつかないんだ。チューリップもバラも、すずらんもあるはずなのに、光ってばかりいるから輪郭《りんかく》が空間に溶けてしまっている。ただ光の白の中に、青や緑や赤が、混ざり、うすく溶け合い、人間の目では眩《くら》み、把握《はあく》できないような美しい絵画が、空に広がっているようにも思えた。

空を覆うように花畑が四方に広がっていた。ぼくは薄目をあけて、花々の姿を見極めようとしている。どう見ても空はここで行き止まりで、きっと手をあの中に差し込んでも、茎が腕に絡まるだけだろうと思った。すぐそばで小さな気球が、ちょうどてっぺんを最後の空に押し付けて止まっていた。吊るされたバスケットから、ブーツがはみ出して、上昇するごとにかれの姿が見えた、ミントカラーの手編みのセーターを着た青年が両足を外に放り出し、仰向《あおむ》けで分厚い本を読んでいた。

空は閉じていた。花畑を見てやっとぼくは思い出した。あの日記によって両親がぼくらに伝えたかったのはそのこと。それを知って、ぼくは家を出て行ったのだ。空は閉じ、果てには花畑が広がっている。そこに生えた光る花こそが星の正体だ、花の流動が星の流れだ、すべてはそこで終わりだった。世界も、宇宙も、その他すべての「全体」を表す言葉は、ここでおしまい。そして、その果て付近で暮らしている人間がいる。

「そういえばそうだったなあ……」

「兄さん、あの気球に乗っている人が花屋かしら」

妹はポケットからナイフを取り出して尋ねた。

「花屋だったらどうするの？」

「気球に穴をあけます」「それはこわい」

妹はずいぶんと怒っている。地上で遭った嵐がかれのせいだと決め付けていたし、ぼくがその可能性もあるけれどそうでない可能性もあると言ったって聞く耳を持たない。その可能性もあるけれどそうでない可能性もあるというのに。

「カウントダウンすると言ったんです。あれは早くしないと嵐で襲うぞってことだったんです。兄さんが帰ってきたらすぐにでも航空機に乗ってこいって意味だったんですよ」

「でもきみは承諾《しょうだく》したんだろう？」

「まさか嵐を起こすとは思わなかったんです！　つい最近天気予報が外れて変だと思っていたけれど、このときのために嵐を蓄えていたんだわ」

いのちの危機が迫っているかもしれない気球の主は、いまだにバスケットから足を放り出している。ぼくらに気づいてもいないようだ。

「じゃあ聞いてみよう」

ぼくは航空機の出口の壁に頭を押し付けてすり抜けると、かれに向かって声をかけた。

「きみ、花屋かな？」

「ここの花は売り物じゃないよ」青年は本を振って答えた。本のタイトルは『調査資料　操作及び飛行時の注意事項』、本は閉じられかれは立ち上がり、ぼくらを見る。「きみがぼくの電話相手？」「そう」「いつ来たの？」「さっき」「その様子だと記憶を少し、取り戻したんだね、完璧？」「いいやどうだろう。少しずつ思い出してはいるけれど」「とりあえず、おめでとう」「うん、ありがとう」

気球はゆっくりと近づいて、航空機の横に接した。彼は体を前後に回転させ、その反動で鐘に飛び込む。ついでに妹の手からナイフを蹴り落として、音もなく床に降り立った。

「隣国へようこそ、おや、銀のナイフ」

「ここは国じゃないわ」

妹が足を鳴らしたが花屋は気にせず帽子を脱ぎ、丁寧にお辞儀をすると、大きなリュックサックを床に下ろした。その重みで床が揺れる。

「ああ、それは申し訳ない。ぼくってば国の定義がよくわかってないんです。それにしてもこの航空機は文献《ぶんけん》にあったとおり、すばらしい。ここはちょうどあの城の真上だから、まったくずれることなく地上から垂直に飛ぶことができたということでしょう。お見事です。姫君も約束どおりよくここまで乗ってきてくださいました」

花屋の髪は、目は、すべて時を忘れたように黒かった。

「嵐を止めてもらわなきゃいけないもの。だれだって来るわよ」

ぼくはそれにしばらく見入って、なにも、語ることができないでいた。彼は細く、背が高く、ずっと色が白い。空にいてもまるで違和感がなかった。雲の切れ間や、日光の切れ端に、座っていてもおかしくなかった。だからだろうかぼくは昔に、かれに会った気さえしたのだ。

「あっ、おっしゃっていただかなくともぼくだってちゃんと、手荒かなと自覚していますよ。ただそちらにメリットがないものだから、お願いするだけで来ていただけるのか不安になったんです。ぼくも人の子ですから、きっとね。しかし、背中をぽんと押すぐらいの気持ちだったんですけどねえ、調整が悪かったのかな、おかげで帽子にはしばらく困りそうにありませんよ、ぼくはこれがいちばん気に入りましたけれど」花屋は脱いだオレンジの帽子をもう一度かぶり、微笑《ほほえ》んだ。「ドライアイスの散布はもうすでに終了しています。雲はそろそろ分裂をして、海のほうへと移動しますよ、だから心配無用安全第一です」

「そこまでして、どうしてこの鐘が必要なの？」

「やだな、そんなの外へ行くために決まっているじゃないですか」

彼は氷を砕くかのように笑った。

＊

百数十年前。

気球を飛ばしていたらある日行き止まりに当たったので、なにもない空でどうして？　と飛行士が見上げると、そこにさかさまの花畑が広がっていた。これが、飛行実験の『これ以上ないほどの成功』だ。

「空が閉じていた」

はじめて空の終わりにたどり着いた気球がそう混乱して下りてきてから、多くの人が嘘だと取り合わず何度も同じことを繰り返したのは間抜けな話で、空はふさがっていると人が信じるまでに約半年が必要とされた。その後いくらかの調査によってわかったことには、閉じた空に穴は一切なく、ちょうど自分たちの国と海におわんをかぶせるようにして世界を閉鎖させているということだった。宇宙なんてものは当然存在しえないし、自分たちはこの小さな場所に閉じ込められている、そう判断した当時の国家はこの事実を隠蔽《いんぺい》し、空や星を夢見ることを徹底して禁じるようになっていた。それも、横暴な話だ。国民が事実を知って自分たちと同様の虚無感《きょむかん》を与えさせないためだと国王は言ったが、そもそも本当に国民のだれもがこれを知ったとき、虚無感を抱くのだろうか。国王にだれか、「きみが思うことと同じことをだれもが思うわけがないぜ」って言ってやるべきだった。

国王がまさに自己中心的な発想で、物事を決めてしまったものだからもちろんそれは過《あやま》ちであり事実を知っている者たちからは反発があった。多くは飛行実験に関係していた飛行士たちによるものだ。かれらは空を目指すことすらやめようとはせず、むしろだれもが閉じた空を見に行きたがった。純粋な空への愛。地上から星のように見えていた光は、行き止まりに広がる花畑の花の光であったし、太陽もまた、光る植物の集合体であるのだからロマンチックに変わりはないとかれらは歌い、正論のように主張を続けた。空の表面ではシャーベット状の水が循環《じゅんかん》をして、光の植物はそこに根を漂わせシャーベットの循環とともに、移動をする。たとえ、空がここで終わりだとしても、世界が終わりだとしても、この世界の果ての光景は、まるで星空をさらに凝縮したような美しさに満ちている、これでなにを悲しむと言うのだろう！　……ま、しかしそれは建前《たてまえ》だ。かれらにとって空になにがあるかなどどうだっていいことだった。美しかろうが醜《みにく》かろうが、たいした問題ではない。飛行士の多くは空からの落下や、空への上昇、自らの死の危険性や、それをくぐりぬけ生還することの切なさに心奪われていただけで、かれらが憤慨《ふんがい》したのは空を飛びたくて飛びたくて飛びたくて堪《たま》らないのにそれを奪おうとするばかがいる、そのせい。それだけ。たいした自己中心的野郎だった。

「野蛮《やばん》だと思わないか、天文学の書籍をすべて燃やすことや、気球の存在自体を歴史から抹消《まっしょう》すること。それは歯が汚れるからと食事をしないようなものだ」

結局かれらは国家と話し合いもせずに、自らを正当化する（うまくいけば伝説化する）言葉を満足するまで吐き出すと、あっさり他の人々を国に放置したまま巨大な気球で国から脱出した。目的地は空だ。固まった空の下で、気球を量産し、そこで生活しようと考えた。残された人々のことなど少しも考えなかった。とにかくこれからは好きに空を飛びまわれる、それだけでかれらの頭はいっぱいだった。だから、かれらが国家の行いを改めさせることはもちろんなく、国は思い通りに星を規制し、かれらは永遠に空で暮らす。だれも、かれらに感謝などしなかった。

空は当然未開発だったがかれらはうまいことやった。巨大な飛行船を本拠地にし、そこから地上を念入りに監視し、自給自足のために徹底して空を調べていくうちに気象を操作することすら可能にした。後に航空機の存在を知ると、深夜、人が寝しずまり星を見ないようにと窓を閉めたころ、小さな気球によって地上に降りてきて情報を漁《あさ》ることも多々あった。そのおかげで、操作方法のマニュアルがパン屋の倉庫で見つかったんだ。けれど時がすぎ、かれらが死に、子供や孫、ひ孫の世代が跡《あと》をついでいくに従い、空への執着心は確実に薄れていった。特に気象に詳しいわけでもなく、特に天文学の書物を読み漁るわけでもなく、飛行船や気球の開発に取り組むわけでもなく、ただ暮らす場所が空で、空で成長をし、空で恋をし、空で死んでいく人間が増えていった。ぼくはそうした連中に埋もれて、同じように死んでいくことがいやだったのだ。自己中心的でろくでもない祖先から、さらに夢すらも欠如《けつじょ》した現在の空の住人と、同程度になどなりたくはない。誇りあるぼくの血が、その腑抜《ふぬ》けたありかたを本能的に嫌悪していた。

幼いころから情熱だけが胸に灯り続けていた。スコップを移動用の小型気球に乗せ、毎日のように漂って花の少ないところを見つけては、シャーベットをかきわけ、空を削っていた。底が氷のような物質でできているのか、削ってもすぐに削りカスが溶けて彫ったばかりの穴を埋め、また、凍りつく。氷結のスピードは速くてとてもじゃないが、それよりも速く削ることは不可能だった。

「ばかげているよ」

同じ飛行船に暮らしているテグは言った。

「世界はわずかにこの空洞を、与えてくれているんだ。何度もきみのスコップがそれを傷つけて、この世界すら埋め尽くしてしまったらどうするんだ?」

だからぼくはきみたちにうんざりするのだ……とは、いくらぼくでも言えず、とりあえず笑ってからしばらくして殴りつけた。そんな十三年前のある日、いつもと同じように空を削りに遠出をしたとき、まだほとんど未開発の空で、小さな轟音《ごうおん》が次第に近づいてくるのを聞いた。音は指数関数的に増幅しついには大きな轟音とともに、深い亀裂《きれつ》が空に走った。ぼくは、そのときこの轟音が空を引き裂いたのだと、突風に吹かれ暴れだした気球に翻弄《ほんろう》され、ついに気球から全身を投げ出されながらも思っていた。空を削るためにつけていた腰の紐《ひも》が九死に一生とやらをくれたので別にたいしたこともなく、ぼくは黙って体勢を直すと気球の火力を操作してふたたび近づく。けれど、すでに亀裂は凍りつき閉じてしまっていた。

　でもぼくにはわかる。何事もなかったかのように空が閉口したって、ぼくにはわかる、あの突風はあきらかにあの亀裂から吹いた。それは向こう側にも空気があること、空間があることじゃないか。それからぼくは何度も同様の現象を確認しようと空をめぐったが、すでに閉じた亀裂の跡を見つけただけで、出会うことはなかった。

　この空の行き止まりの向こうにも世界はある。この固い空は果てではなく、ただの壁だ。


「それからずっと、この船を探していた。国の例の慣習のせいで、深夜に空を見る人間はいないから、気球でこっそり地上に降りたこともありました。氷の壁と考えたとき、馬力が桁違いのこの航空機が一番、突破に有望だと判断したんです」

「まるでエウロパみたいだね」

　ぼくは言った。

「エウロパ？　あの木星の？」

「エウロパは氷に表面が包まれ、内部に海がある星だから、空は凍っているだろうし、たしか氷の層は何度もひび割れては凍って塞《ふさ》がっているらしいよ。表面の氷に木星の磁場から飛んできた荷《か》電粒子《でんりゅうし》で水分子を分解して、酸素と水素を作るから風だって起きるだろう」

エウロパはもともとすべてが凍っていたけれど、それが木星と共鳴する軌道に落ちて、木星の潮汐《ちょうせき》によって内部の氷だけが溶けたはずだ。そうだとすれば、氷と水の体積差によって、氷と溶けてできた海の間には空間が出来るだろう。ぼくらが暮らしているのはそんな世界かもしれない。

「なるほど、ここはエウロパだってことですか！」

花屋が指を鳴らしたとたん、妹が痺《しび》れを切らしたように、かれの腕を押さえた。

「待ってよ、突拍子《とっぴょうし》もないことを言わないで。だってエウロパは虚構じゃないの」

確かに天文学に、空が閉じているなんて話はない、花が咲いているなんて話もなかった。天文学は大間違いで、つまりそこに書かれたことは全部が全部虚構だったのだ。エウロパだって例外じゃない。

「エウロパは虚構でしょうけれど」

花屋は言う。「この星がエウロパみたいだという仮説を、否定する理由にはならないでしょう？」

「でも、本当にエウロパなんて星が存在しえるの？　別に兄さんを疑うわけじゃないけれど、ただのフィクションだからこそありえるものに振り回されて、この空の中へ突入したらばかみたいよ。だって天文学は嘘八百、それなのにそれを参考にするなんて……ばかみたい！」

「ここはエウロパだよ」

ぼくは断言した。「エウロパでないとしても、それとよく似た星に違いないよ」

「え？」

「それに天文学は間違いじゃないよ、ほとんどはね」

妹が目を右往左往《うおうさおう》とさせて、混乱と混乱で心がマーブルになっているのが見て取れたけれどぼくはそれを無視して話を続けた。

「きみは、あの天文学をだれがでっちあげたと思う？」

「昔の……人でしょう？　古い本ばかりだったもの」

と妹。

「何冊あった？」

「三百は、あったかな。私はほとんど読んでいないけれど……」

「それを一人で書いたときみは言うんだね？　あの膨大《ぼうだい》な量の学問を、一人ででっちあげたときみは言うの？」

数人でだって、きっと無理だ。妹にだってそんなことはわかる。

「ぼくは天文学って間違ってないと思うんだよ。ちゃんと時の中で進歩してきた、積み重ねられてきた学問だと思うんだ。妙なのはむしろ、進歩しすぎているってことだ。ぼくはそのことに十三年前、気づいたのだけれど、きみは気づかなかったんだね」

父から一族の日記を与えられる、それより前、書庫における天文学の異常ともいえる進歩が目に付いていた。数学や、工学や、他の学問とは比べられないほどの高度なところまで本の中の天文学は進んでいるようにぼくの眼には映った。観測機材のレベルと、現代の工学のレベルがまったく一致しない。そしてそれなのに近年の天文学は一向に進歩していなかった。書庫にあるのはどれも古い本で、いつ書かれたのかもはっきりとしない。まるですでに発展は終わってしまったとでも言いたげだ。どれほどに勉強を重ねても、その疑問は深まるばかりだった。そして、ついに一族の日記であのことを知った。「ならばあの天文学はいったいなんだったのか」なにもかもが嘘だということに、なってしまったあとも、ぼくはもっと現実的な嘘になぜしなかったのだろうと思うばかりで、天文学を間違いだと切り捨てることは出来なかった。何百冊にも及ぶ書籍に記載された「事実」は、どれほど想像が豊かであろうと一人の人間にできるレベルの量でも質でもなく、さまざまな学問に触れてきたからこそわかる学問の年輪が確かに見受けられる。あきらかに「事実」は事実だった。

「ぼくはこの矛盾を解決するためにふたつの仮説を立てた。ひとつは、とてつもない才能をもった稀代《きたい》のストーリーテラーが存在していたということ、そしてもうひとつは、やはりそこには事実が書かれていて、宇宙はあり、固い空の向こうにはきちんと無限の星があるのだと。天文学は正しい。で、天文学が進歩するはずもないこの星には、どこかよそから天文学が持ち込まれたのではないだろうかと」

「持ち込まれた？」

「空がまず閉じているんだから、ここにいる人間には天文学を作ることができないだろう？　だったら外部から持ち込まれたとするのが一番自然だ。そいつはぼくらにこれが外部からのものだと知られないように細工までしている。たとえばここから見える花の光の位置や流れと、天文学の記述が矛盾しないよう、星の配置についての記述には手が加えられている。つまり、宇宙人がいるってことだ。しかもぼくらよりずっと進歩した」

「すばらしい！」

花屋の表情が輝いた。

「たぶん、この天文学に『我々の暮らす星』と記述されている『地球』はかれらの星のことだろう。天文学では地球に近い星ほど詳細が調べられていたし、もっとも詳しいのはもちろん地球のことだった。一方、ぼくらの星は空が閉じているし、まずこんなに広い大地を持っていないのだから、『地球』とはまったく別物だ。ぼくらはよその星を自分たちの星だと、勘違いして本を読んでいたんだよ。だから、すべて嘘で間違いでフィクションだったと決め付けた。でも前提が違っていただけなんだよな」

「つまり天文学は間違っていなくて、エウロパは存在する、そしてここがそのエウロパということ？」

「そうだね、ここが地球だと思うよりは、ここがエウロパだと思ったほうが現実的だろう。それだって確定情報ではないけれど……。まあとにかくぼくはこの地球に行けば、きっと宇宙人がいるだろうと思った。この本を持ち込んだだれかだってまだ生きているかもしれない。

ぼくはあの日記を読んでそう思ったんだ」

妹はわずかに眉《まゆ》をひそめたけれどぼくはなぜかそれに興味が湧かなかった。

「すばらしいよ！」

ただ花屋の歓喜の声が、すばらしいすばらしいと繰り返している。

「ああ、王子、すばらしいよ！　ぼくはいま、この鐘に乗って向こう側に行く決心がついた！　天文学をだれかがここまで持ち込んだのならば、この鐘がそいつの船かもしれない。ならば必ず外に出ることが出来るだろう！　王子、すばらしいよ、ありがとう！　ぜひきみたちと一緒にぼくは地球へと向かいたい！　すばらしい旅になること間違いなしだ！」

7　十三年

筋が通らないわ。私、兄はあの日記で空が閉じていると知って、つまり宇宙人にも会えないと絶望して、城から出て行ったのだと思っていた。でも違った。地球からだれかが来たのだなどと兄は言う。宇宙人はいると、兄さんは十三年前から考えていたのだ。それなのに出て行った。どうして？　ちっともわからない！

「地球へ？」

それでも私は一瞬にして、外に世界があるのだという事実に心を奪われてしまっていた。

それは私にとってなによりも吉報《きつぽう》だった。世界が途方もなく広く、宇宙があるのならば私は幼いころと同じ日々を、夢を見られるだろうと思ったのだ。だから、花屋の誘いに兄がふしぎそうに聞き返したこと、気づかなかった。

「きみの話を聞いて、行かないやつはいないさ！」

うれしそうに花屋が兄の背中を叩いている。私もそれに合わせてうなずいている。そうだ、私はこのとき確かに幸福だった。これほど幸せでいいのかと思った、よくなかった。宇宙が広いという十三年ぶりの実感で、すべて失ってしまいそう！　体が粒にわかれて、ふきとんでしまいそう！　これがウレシイシアワセヨロコビじゃないならば、私は心をやめてしまいそう。はじけ飛びそうな細胞をこらえていると体温がまるで全神経を浮かび上がらせるように体を網羅《もうら》し、世界へとそれは延びていった。私は無限になったような心地がした。それでも、それはよくないことだった。

「王女もぜひ！」

と花屋は言った。

「ええもちろん！」

と私が即答をしたそのとき、兄の、軽蔑《けいべつ》の視線を浴びた。ひんやりとした氷に触れたように瞬間、体中がこわばり、はっきりと私は、私の魂の輪郭を見た。

「兄さんだって、宇宙人がいたら、うれしいでしょう？」

震える声で言ったけれど、

「なんで？」

兄は少しも笑わない。


いやなことを思い出した。

＊

「なんで？」

ぼくは応《こた》えたけれど、それには十分に非難する意図が含まれていたしそれは伝わっただろう。相手もバカじゃない。宇宙人がいたらどうしてぼくがうれしいのだろう、よくわからないな。よくわからない。宇宙人なんていたっていなくたってどちらだってぼくには関係がないし、そんなことで喜ぶような人間だと思われたらたまらない。渦巻き型で低音の思考がぼくを地底のほうへ呼んでいる。宇宙へ行こうと言われて、妹が承諾をして、ぼくは泥をかぶったかのような気色の悪い体の重さを感じていた。ぼくの記憶は少しずつしかよみがえらない、そのことをこれほど悔やんだことはない。かわいい妹がいたなんてぬか喜びだった。ぼくはこのときにやっと、思い出したのだ。きみは、くだらない妹だったね。

そういえば軽蔑していたよ。

「宇宙人がいなくたって、いたって、大したことじゃないよ。どちらの可能性だってあって、その片方が立証されただけじゃないか。もしいるならば会いたい、それだけのことだったよ。ぼくはずっとそう言っていたはずだけど」

「世界が閉じていて、兄さんはなんとも思わなかったの？　まさかそんなことないでしょう？　だれだって、世界が想像と違っていればショックを受けるわ。だれだってそう。宇宙人に期待していた兄さんなら尚更《なおさら》そうだった、そうでしょう？　絶望と呼んでもいいくらいに、悲しかったでしょう？」

「世界が思ったものと違っていて、それで動揺するなんてわがままな子供みたいだな」

ぼくは笑った。「別に、自分のものでもないというのに」


世界がどんな実態であろうが、ぼくになんの関係があるのだろう。環境や世界なんて、ぼくになんの影響ももたらしていない。当人にとって当人がすべてだ。どんな結果も、すべてぼくによってもたらされているんだよ。それを否定して、自分以外のものに、責任を追及しようとするならばそれはただの逃避でしかない。自分じゃ背負いきれないから、もしくは自省したくもないから、そいつは自分以外を責めるのだ。あたりまえのことだ。人は個だよ、独立している。関係性など、人々が自らを甘やかすためにつくった口実でしかないよ。それをぼくは知っていて、自らに厳しく課したんだ、正しさを、確かさを、潔癖《けっぺき》を。それなのにぼくの妹は、それをまったくわかっていなかった。むしろその真逆の価値観でぼくを解釈していたんだ。悔しい。こんなばからしいことがあるだろうか。そんなことがまかり通るのに、どうして人はコミュニケーションを善とばかり言うのか。悪だ。話しても無駄だし、関わっても無駄。決して、認めてほしかったわけではないけれど、乱暴に誤解を執行されたぼくの怒りがきみにわかるか？

いつだってきみはぼくを褒めた。けれど彼女が褒めるのはぼくの脳が他人よりも少しばかり働き者だということだけで、そんなものはぼく自身にとってなんの価値もないことだ。脳が明晰《めいせき》であることはただの利便性しかもたらさない、自己ではなく他者にしか意味をなさない。だからそれはなんの誇りにも変換できない賞賛だ。ぼくは、一度だって感謝しなかったよ。ありがとうと返答しなかった。それで妹がわかってくれるだろうと期待したけれど、彼女はぼくを照れ屋だとも、謙遜《けんそん》とも言った。そして優秀で謙虚でシャイな兄と、自分のことのように誇った。ぼくがどうであろうときみには関係がないのにどうして、とひたすらに不思議で、まるで宇宙人を見ている心地だった。宇宙なんかに行かなくたってぼくは十分にエイリアンと近しかったのだ。彼女の言葉はいつもどこか遠くから聞こえてくる鳥や犬の叫びにしか聞こえない。実感がわかない、喜びが舞わない。父や母にもそれをひけらかせとまできみは言ったね。ぼくはとうとうそのとき、妹がぼくを利用しているのだと認めざるをえなくなった。

やっぱり、ぼくの家には跡継ぎの問題や、一族による将来への期待が、あるよね。当然背負わなければならない。城には代々の当主の肖像画が飾られ、ぼくはかれらのたくさんの視線をさくさくと切りながら毎日朝食を食べに廊下を歩く。ま、それはなんてことはなかった。

その代わりに不自由のない生活を、あのすばらしい書庫を手に入れていたのだから、こんなことで済むのならばむしろラッキーだと考えていた。でも妹は妥協《だきょう》などしないし、プレッシャーから逃げ出すためにぼくにすべてを押し付けてしまおうと無意識のうちに行動していた。きみはぼくのことを「すばらしいわ」「優秀だわ」「尊敬しています」「兄さんは私の誇りです」「パパもママもきっと喜ぶわ」「天才よ」「一族の誇りよ」「私は永遠に兄さんに勝てないわ！」

「ぼくがすべての責任を担《にな》うことは別に構わなかった。たいしたことではなかった。でも、そうやって平然と他人を捻《ね》じ曲《ま》げて、誤解していく人間が、ぼくはどうしても信じられない。ぼくに敬意を払う人間、ぼくに好意を抱く人間、そいつらはいつだって共感を引き出そうとぼくを自分たちの型に無理やりおしこめようとする。こんなことをされるぐらいなら軽蔑や嫌悪の対象になるほうがまだよかった。世界に比べてちっぽけな自分なら、期待はずれでも責任を果たせなくてもしかたがないと、許してもらえると思っていたきみは、世界の広さにもこだわっていたね、そして自分がそうだから兄も同じに違いないと、ぼくの家出の理由まで勝手に決め付けた。自分の都合で捻じ曲げた相手の姿が真実なわけがないのに、十三年たってもまだ気づいていなかったんだね」

ぼくの声は思った以上に大きく、ぼく自身が驚いた。指先に火がついたようだ。まるで憤慨。体中が熱い、思い出したばかりの感情はあまりに混沌《こんとん》としていて、苛立《いらだ》ちばかりが先行をし、のちのち、はじめて妹を怒鳴ってしまったと気づく。彼女は、驚いたような顔をしていた。そしてそのまま、うつむいてしまった。「こうなるとわかっていた」ぼくはいまそう思い出した。城から出て行く以前のぼくはわかっていて決して、妹を怒鳴らなかった。そういえばそうだ。事実を彼女に伝えもしなかった。ぼくはそれだけはしてはいけないと、自分が黙って家を出ることを選択したのだ。

「それは他人に厳しすぎるよ、王子」花屋が言った。

「そうかな」

ぼくは一度だって妹を、非難しなかったけれど。それでも厳しかったのかな。黙って我慢して、しまいには花屋にも批判されるしすっかり損だ。妹は思っていたとおりこちらを向こうともしない。

「なんでそれを言ってくれなかったのですか」

向こうともしないいまま、妹は呟いた。

「え？」

「兄さん、それで出て行ったの？　言ってくれればよかったのに、あのとき、すぐに！」

＊

あのとき、一族の日記で空が閉じていると知ったあのとき、ぼくにとって課題は、驚いてはいけないということだけだった。宇宙人がいなかろうが、空が閉じていようがなんであろうが、関係がなかった、関係があってはいけない。狼狽《ろうばい》してはいけない。絶望など論外だった。まあどうしましょうと、小さくつぶやいて、深夜のクッキーをもう一枚手に取る余裕があったとしてもそのつぶやきはすでに許されざるものだった。ぼくはどうしても「へえ」とか「なるほど」で済ませなければならなかったのだ。

実際、ぼくは「なるほど」としか言わなかった。

世界に対してなんらかの期待を抱くほどぼくは間抜けではないし、ぼくはすべての期待に自分自身で応えることができる。ぼくの問題はぼくの中で解決するし、ぼくはなにもかも世界のせいにはしない。世界に夢など見ない。世界が消えてもぼくはぼくだ。死ですらも、ぼくを否定できるのかがいまだ不明だった。

だから世界がどんなものであろうとぼくは驚いてはいけなかったのだ。実際、ぼくは「なるほど」としか言わなかった。深夜のクッキーをもう一枚手に取る余裕があった。クッキーは白いレースの布の上に置かれていた。妹が夕方に分けてくれたものだ。そしてそのクッキーが力加減の失敗から割れ、ベッドの上にこぼれ落ちてしまったのは次の瞬間で、ぼくは血が、すべての細胞が、それぞれにおのおので、ぼく自身に失望したのを感じた。

それがぼくの狼狽でなければいったいなにが狼狽だろう。ぼくのそばには家族や召使がつねにいて、一人の目で見つめているはずの世界がいつのまにか、多くの人たちと共有した目で見つめるようになっていた、かれらを媒介《ばいかい》にして気づかないうちに自分が世界とリンクしていたのは確かで、残念ながらそれに打ち勝てるほど、ぼくは、強くはない。

割れたクッキーは割れたまま放置して、ぶあつい方のカーディガンを手に取り、櫛《くし》を片手にバルコニーから飛び降りた。すでに朝は侵食していた。寒さは白いから、まるで昼間に飛び出したように、肌がまぶしさにくらんでいた。それから、ぼくは薄暗がりで走っていることを視野で知ったのだ。妹、こんなものは絶望ではないよ。ぼくは絶望が、血が凍りつき心臓が止まることだと知っている。城を飛び出したのは、ただ一人だけの目を取り戻したかっただけなんだ。髪をとき終え、ぼくは櫛を投げ捨てた。どうしたって家族がいた、どうしたって召使がいた。家を飛び出し、縁を切ったとしてもそれらを失ったことになるのだろうか。この城を飛び出せばぼくは血にめぐる記録、脳にめぐる記憶を否定できるのか？

いいえ。

忘れるしかないだろう、どれほど不可能であろうともそんなことは凌駕《りようが》して。

ぼくの耳の後ろでぷつんという、なにかが切れる音がしたのはそれからすぐのことだ。道には朝とはまるで逆方向から来た、夜の残り香がめらめらと大地にだけ這《は》うように残っていた。ぼくの足はそれを蹴り、散らせ舞わせながら、駆けていた。そして、ぼくの脳の中には細い針がゆっくりと、入っていくような心地がしていたのだ。これはまるで、そのまま、むらさき色の毒が注射されてしまうようなことではありませんか。ぼくはそうして目を閉じて、記憶がまるで夜に連れ去られるようにぼくの熱から去っていくのを、首から肩にかけての肌で感じ取っていたのだ。

記憶は消える。これはどうしてかわからない。いつだって体は忠実に、ぼくの言うことを聞くのかもしれない。心をこめて念じれば、翼すらも生えるのかもしれないが、ぼくはなにぶん飛行に興味がなかった。軽く微笑み息を吸い、そしてゆっくりとまぶたを開いたとき、ぼくは妹を、両親を、記憶の底から失っていた。

ぼくはその後、早朝の街を歩き、たどり着いた小さな公園のブランコに座り顔を覆っていた。すると、一人の編み物をしている少年が櫛を片手にぼくに声をかけてくれたのだ。当時ぼくは言葉すらも忘れていたから、なにも応えることはできなかったし、なにを言ってくれたのかもわからない。顔も覚えていないけれどかれはぼくの代わりにアパートの部屋を借りて、一年を過ごせる食料と電話機を用意してくれた。かれはそれきり現れなかったが、次第に生活するための記憶が戻り、これでいつまでも生きていけるはずだった。それなのに十三年後、ぼくは思い出してしまったのだ。毒が突然消えていって、次第に記憶がよみがえっていった。そのとき確かに血が凍りつき、心臓が止まる、そんな心地がしていた。

＊

「兄さんは言ってくれなかった」
「言わなかったんだよ」
「どうして」
「どうしてって……」

ぼくはどんな罵倒《ばとう》をあびせられるよりも、ひどく頭が冷えていくことを実感していた。妹にこれほど問い詰められたのは初めてだ。こんなふうにはっきりとものを言うひとに彼女は成長したのだろうか、それともはじめからそんなひとだったのか、ぼくが知らなかっただけで。

「まあまあ」

花屋がぼくと妹の間に入ってくると、にこりとぼくのほうを向いて微笑んだ。「怒らないで」「怒ってないよ」「そんなばかな。怒鳴っていたよ？」「それは悪かったよ……」「わかってくれてうれしいよ。で、つまり、整理すると王子は妹が嫌いってことでいいのかな？」花屋はまるで子供を言い聞かすように話すので、内心屈辱ではあった。かれは絶対、この兄妹《きょうだい》喧嘩《げんか》をばかばかしいと思っているのだろう。けれどぼくは反論する気力もなかった。それに好きでも嫌いでもないからどう応えるべきかすらわからないのだ。

「別に、別に妹が悪いんじゃないんだ。ぼくがただ、状況に打ち勝てなかっただけなんだよ。だから言わなかったんだ」

昔はずっとそばにいたんだ、そのせいでぼくは、いろんなことを気にしなければならなかった。幼い妹が怪我《けが》をしないように、父に失礼なことを言わないように、楽しめる本を手に取るように。そうしたことからはじまり、ぼくはずいぶんと、外を見た。季節を見たし、人を見ていた。本当はそんなものどうだってよかったのにぼくは妹を世話することで世界に触れずにはいられなかったんだ。ぼくが弱かったから。孤独をつくることもできなかったから。だから、ぼくは出て行った、それだけのことだ。軽蔑をしたって、妨害までする必要はなかったんだ。

「それでいいじゃないか、それが、最善策のはずだろう？　だれだって好きに生きたいじゃないか」

「でも、きみは思い出したんだろ？」

「そうだね。それが想定外だったなあ、どうしてだろう……。どれほどすべてを忘れたつもりでも、なにかがぼくの中に残り続けているんだ、そいつがきっかけを作り、少しずつ記憶がよみがえっていく。きりがないよ。妹に兄さんと呼ばれて、すこしばかり感傷的になった、そして、目の中が、熱くなる、血が通ったように。するとどうしたってぼくは思い出すのだ。どれほど確固たる覚悟を持っていたって、ぼくの記憶は色を取り戻して、妹のことを、妹と、呼んでしまうんだ」

「それは」花屋はなにかを言いかけていた。

「なにが悪かったんだろう……」

「それはきみが妹を、愛していたからだろう？」

「きみはいいお兄さんじゃないか。妹のことをいつも気にかけて。そりゃあ、突然出て行ってしまったことは、彼女にはちょっとつらかっただろうけれど。でも、きみは妹が傷つかないように、黙って出て行くことを選択したんだろう？　そしてまた、妹のことが気がかりだったからこそ記憶を取り戻した」

「愛していた？」

「そう」

「ぼくが？」

妹は黙ってぼくのほうを見ていた。ぼくは、肯定などしない。愛情がなにもかもを解決したり、単純化したりするとは限らないのだ。けれど、否定する必要もなかった。

「王子、宇宙へ行こう。王女も宇宙の広さを見られる」

花屋の声が聞こえている。そうだね、そうだ。ぼくはそう答えていたんだろう。古びた本を開くと、花屋は足で床を蹴ると同時に、壁を数度ノックした。骨のような白さに壁の一角だけが濁《にご》り、いくつかの四角い光が並んでいる。

『起動ありがとうございます。前略、出発準備は整っていますか？』

女性の声が床一面から聞こえた。

「うん」

『水分・食料は少なくとも一ヶ月分ご用意ください、死にます』

「うん、あるよ」

リュックサックを花屋は指差す。

『小説・もしくはボードゲームは多種多様に取り揃えてください、退屈はケンカ、ホームシック、連続殺人事件の元となります』

「はいはい」

『了解。それでは出発準備をいたします。右側グリーンの四角を拡大してください。拡大状態が三秒保たれますと三十秒後、壁は完全にロックされ、外へ出ることはまず不可能になります。忘れ物、迷子がいないことをお確かめの上、拡大をお願いします』

「ぼくは完璧だけれど、きみたち、忘れ物は？　あと迷子もいるなら」

花屋がこちらを振り向いたとき、妹はかれの言葉をさえぎるようにして「私、帰ります」と言った。

「なんで？」

花屋だけが笑顔だった。

「だって、私は当主だもの、さっきまで忘れていたけれど……。兄さんの話を聞くまでずっと、自分のことばっかり考えていて私はすごく、反省したの。もう勝手に行動することなど、してはいけなかったのに」

花屋は表情を変えなかった。妹も。そしてぼくは花屋のところに近づくと、人差し指と親指で四角いグリーンを引き伸ばした。

『拡大、認識しました。カウントダウンに入ります。……29……28』

「兄さん？」

「妹、きみは宇宙に行くべきだよ」

「でも、国を置いては」
そのときカウントダウンは18と言った。ぼくは
「いいよ、それは、ぼくが」
と告げて、妹の小さな驚きの声を聞いた。

視界ではなく脳の中が、ぼやけてまだらな意識だけが、入り混じって、でもぼくはかなしいだとか、うれしいだとか、そうした感情もなく、ただ溶けていく視界や自分に対して身を任せていた、そうしたらあの言葉はこぼれていた。正直になるとはこういうことだろう。ぼくがあのとき狼狽したのだって、妹がこの日記のせいで悲しむだろうと思ったからに違いない。それを、素直に行動に出来なかったからこんなことになってしまったのだ。あの日からぼくの内側にあったらしい、ほのかに異質な光と体温が、ころころとついにころがりはじめ、まるで異物のように動いていているのにとても心地がいい。そいつが言葉をつむいでいるのだ。ぼくの口から伝えていた。

「ぼくは帰るよ。きみは宇宙に行きなさい。さようなら、大丈夫、宇宙はきっと広いよ」

ぼくは出口から出した足にすべての体重をかけて、花屋の小さな気球のかごへ落ちていっていた。鐘の全貌《ぜんぼう》を久しぶりに目にして、ぼくはやっと気づいたのだ。

『……2……1……』

カウントダウンは0と言った。ぼくが落ちた反動で、気球はゆっくりと下降をはじめる。

鐘はうすみどりに輝いて、それでも表面は花の光を反射させていた。まるでドット柄のワンピースだ。

雲はちぎればぼくの視界を覆っていく。それでも、花の光がしずくのように落ちて、降り注いでいるようだ。航空機のあの場所で、ぼくから妹へとこぼれたあの光と体温だけが星のように空に留まり、天上に取り残されたように思えた。光の速度でぼくは空を縦断している。視界の中でゆがむ光はひどくまぶしく、溶けるほどにまぶしく、美しい。

あの子は宇宙へ行く。

きみ、孤独は孤独は孤独

愛は、薬品によって生成されるものと学びました。モルヒネに似た麻薬成分《まやくせいぶん》を調合して、わたしたちの脳に快楽と麻痺《まひ》をあたえるその薬品は、無垢《むく》なわたしたちに青色の水として認識されていた。選ばれた二人は同時にそれを飲み干して、見つめあうのだ。そうすればその間に愛は生成される。純度の高い、決して消滅しない質量保存の法則が成立している「愛情」が。

人生にあらたな彩り《いろど》をあたえると、小学1年のまあたらしい制服に身を包んだわたしたちに先生は語った。

「脳を麻痺させ、わたしたちはきもちよくなるのですね」

飲み干せば目の前の相手を、好きでたまらなくなるのだという。好き、という感情は、たとえばわたしがハンバーグを好きだというその感情の10倍ほどの威力であり、ハンバーグであれば食べてしまえば解決するその欲求が、愛の場合は満たされない。満たされた気がしても、欲求は消えないのだと、先生は言う。

「先生それは合法ですか」

だれかが聞いた。もちろんそれはＹＥＳで、わたしたちはその子をばかだと思った。

小学校は荒れ地のような場所の真ん中にあった。そこは戦場だったと噂が流れて、お化けがあちこちにいるということになっていた。本当は山を削って、現れた台地にまず学校を建てただけのこと。種《しゅ》は子どもをどれだけ死なせないかで発展が決まると、大人は思っていたらしい。青い屋根と白い壁の校舎の周りに、緑の茎と、真っ赤な花びらが並んでいる。葉はいちまいもついていない。

わたしたちは先生をやっている大人以外みたことがなかった。学校と、その隣に設置された居住区に子どもたちだけで暮らして、外からやってくる大人たちに、観察されていた。どこかで、「男の子」という存在がいるのだと聞かされ、わたしたちと同じように、純度高く、同類ばかりで暮らしているのだろうと思った。

それから。

脳には快感をつかさどる箇所があり、それが破壊されたのはおよそ5年後のこと。わたしは、快感というものを永遠に忘れた。それは愛を生成できなくしたし、先生たちは集《つど》って、わたしを実験場につれていこうとしたのだ。愛が自然発生するかを調べる実験場は、一見ただの学校で、ひとつだけ異なることがあるとすれば、男の子がいた。わたしたちはこれまで、同世代の異性というものを見たことがなかった。

「人工物であろうが自然物であろうが、愛情なんてものは快感に支えられているのであり、その認識ができない脳であれば、実験場にいても無意味だろう」

とその道の権威《けんい》が、言うまでわたしはその実験場へ行く手続きを進めていた。結局入った高校は小学校の隣に設置された女子校で、丸い砂が敷き詰められた山にある、天文学専門の学《まな》び舎《や》だった。そこで、反抗期がとびきりひどい生徒だけが化学部に入部する。かのじょたちの実験は、ときには遠くの天体で渦巻《うずま》く気体を知るのに意味をなすこともあったけれど、そう判明した途端実験を投げ出すぐらい、かのじょたち、先生が嫌いだった。自分のことが嫌いだった。

「望まれたことをするのは、いやだわ」

一人の呟《つぶや》きは空を駆け抜けて、生徒ならだれもが共感したはずだ。こんな部活動が存続できるのは結局、全生徒に暗黙《あんもく》の支持をえているからこそ。という、そのことにかのじょたちは気づかないし、部員でない生徒すべてを軽蔑《けいべつ》していた。わたしは、その軽蔑の対象だ。

「またそんながらくたを作っているの、真中《まなか》さん」

「あさみ」

幼なじみであるかのじょは、軽蔑をする側であったし、部員になってからはわたしのことを真中さんと、名字で呼ぶ。そして、わたしの作る機械をがらくたと呼ぶのだ。それはうつくしいステンレスの肌を持った、軽量の人工知能搭載アンドロイドだった。

「もうすぐ完成するの」

わたしはそのアンドロイドの肌を撫《な》でた。冷たくて、固くて、わたしたちとは正反対だった。結局、存在とは肌触り、触感が決める。窓の外では、日の光が窓枠を焼いている。

「それは構わないけれど、結局無意味よ」

あさみの瞳は、他のだれよりも色が淡く、ときにそれは死んでしまった魚のようにも、純粋な子どものようにも、見える。短い髪はまったく均等に切られていなかった。

「なぜ？」

「あなたはそいつに愛されたって、そいつを愛することはないもの」

それでもかのじょの髪型はうつくしいバランスを、風すらまきこんで作りあげていた。


わたしは実験場に送られようとしていたそのとき、選択権をもっていた。実験場に行き、獣のような愛の探索《たんさく》をおこなうか、それとも、普通の子どもたちが青い水を飲むその日まで、通う普通の学び舎で、あめだまやぬいぐるみに子守りをしてもらいすごすか。そしてわたしはだれかを愛せるようになりたいのか？

「わたしは……」

「自然発生ならば愛情を望めるかもしれない。結局愛というのは得体が知れない、厳密に言えば実験場でときに観測される愛情とは、この薬品による愛情とは異なるのだ。それらは永続しないことがほとんどであり、また、食欲のように欲求が満たされてしまうこともある。それを幸福な状態と呼ぶ学者もいる――かれらは一般的な「愛情」の満たされなさを飢餓状態としている――が、しかし一方でそれは愛情に訪れる飽き、であり、不幸で退屈だとする学者もいるのだ。愛は人生における柱のような物であるから、そうした不安定な自然発生の愛は、狂気でしかない。もしかすればわたしたちの、薬品による愛情とは異なり、自然発生の愛情とは、気の迷いでしかないのかもしれない。質量を保存しない物質であり、予想すらできないのさ、だから、きみはその覚悟をもって実験場に行かなければならない」

先生はわたしより30年は長く生きているだろうと思える髪の白さ。わたしよりずっとしわしわの肌。わたしより背が高いのに、手のひらだけが小さく、かれがそれを大げさに動かすのを目で追っていると、まるで虫を追いかけているかのようだった。

「狂気なのですか?」

「そうだよ」

「なにがちがうのですか?」

純粋に疑問だった。

「永続しない。ときに憎しみに変容する。なにげなく朝、パンを食べていたら、相手を好きでなくなった、そんな事例が実験場で観測されているのだ。また、薬品で発生させた愛情と異なり、愛し合うことがまれにしか起きない。つまり一方的に片方が愛情を抱き、そしてそれにもう一方は……困惑するんだ、わかる?」

「困惑?」

「好きでもない者に好かれてはいやだろう」

それはわたしにはわからない感情。愛し合うことが愛情じゃないのだろうか、一方的な愛情？　それはただの暴力ではないの？　平穏《へいおん》をつぶす。先生はわたしの思考の変容を観察するように、じっと目の奥を見つめる。

「しかしあなたは、人工発生の愛であるならば、もうのぞめないわ」

先生の助手はかれの隣で微動だにせず言った。

「わたしは……」

「ええ、あなたは」

かのじょは、女性であるはずなのに、瞳の動きが男性的だ。とらえて離さない、まばたきは死ぬのを恐れているかのように少なかった。つられて、わたしは瞳を乾燥させながら答えた。

「ロボットと恋がしたい」

せっかくなら、とつけくわえたわたしの欲求は、かれらのこまくには届いた、けれど実現はしなかった。いいや、かれらには実現することができなかったのだ。

「それは工学だね」

かれらは白衣を着ていて、そしてそれは化学者としての白さだった。

☆

「あなたのアンドロイドは、このままいけばその学習機能により、30年後には高度な人工知能で宇宙開発にも実用化が可能になるでしょう。要するに評価はAです」

宇宙工学の教師はそうつげて、わたしの額にAの判を押した。丸い、ピンク色に光っている筒だ。その跡は1年間消えず、わたしたちはそれを他の生徒に見せながら生きていく。それはいじめや友情や嫉妬《しっと》をすべて解決する魔法のマークだった。

「けれど先生、目覚めないいんです。完成して3日もたつのに……」

わたしはアンドロイドの丸い瞳を撫でる。それが光ることは今まで一度もなかった。教師は、白いディスプレイにわたしの成績を詳細に書き込みながら、バナナジュースを飲んでいる。

「あなたはまちがっていません。ただ、少しだけ……存在値情報がとりきれていないのかもしれません。自我が不安定なの。もしあなたが最終提出日までにどうしようもできなければ、これを入れてみなさい」

教師が渡したのは丸い部品だ。見たこともない、白い。

「これは」

「ヒントそのもの。あなたのプライドが、邪魔をするかもしれないけれど」

わたしはそれまでずっと教師の楕円形《だえんけい》のポケットに入れられていた部品を受け取り、自分の正方形のポケットに入れた。

あさみは同じころ、Kのマークを押されていた。かのじょは薬品調合についてのレポートを出していた。宇宙には全く関係がない、最もうつくしい色水の作り方について。

「あさみ」

わたしの呼びかけにかのじょは振り向きもしない。

「話しかけないで」

わたしのAも、かのじょには意味をなさなかった。

今日はすこしだけ、変わったできごとが、校舎の床に落ちていた。生徒がひとり死んでいたのだ。さっきまで生きていたのに、今は死んだ。年月がたつとかならず、こういうことが起きるのよね、と先生が噂する。自殺って名前のできごとらしい。

あさみに近寄る生徒なんていなくて、教師だってかのじょにKを押せばそそくさとどこかに消える。星の光が届いている窓際にかのじょは必ずいるし、今日もそうだった。黄色いカーテンがまだらに光を透かす。わたしの右手と、首筋にだけ光が落ちていた。

「あの話、聞いた?」

わたしはあさみの後ろ姿に、そう噂をもちかけた。

「隣のクラスの、子でしょう」

かのじょは振り向かない。

「どうして、あんなことするのかなあ?」

「死体に聞けば」

どうにかして話をしようとしても、あさみはいつもこうだ。かのじょは事故のころからわたしとまともに会話をしようとしなかった。なかよくしたい、という手紙をノートに挟み込んでおいたら、かのじょはそれから永遠に、そのノートを開かずに放置した。

「死体は話さないよ」

「それは、そうだね。じゃあ目撃者に聞けばいい」

あさみはやっとこちらを向いた。昨日より前髪が短くなっている。点滅を続けるヘアピンが前髪の隣にさしてあった。

「え？」

目撃者、という言葉を、わたしはすぐには理解できない。

「知らないの？　この学校の自殺には、かならずいつも目撃者がいる」

「そうなの？　だれもそんなこと……」

「そして目撃者はかならず、学校を出て行く。どこかにつれていかれるのか、ただ、別の学校にうつっただけなのか、わからないけど」

かのじょが、わたしにここまで冷たくなった理由など、どこにもない。ただの気まぐれな嫌悪《けんお》であることを、わたしは知っていた。

すぐさま目をそらして、あさみは窓の向こうを見つめている。青白い光がときどき、雲の動きによって、わたしたちのふみしめる、トタンの床にも届いた。

「なんでいなくなるの？　それに、いなくなるんじゃ、やっぱり目撃者にも話しかけられない」

「今回だけは、異例だったみたい。目撃者はまだ学校にいるし、追い出される気配もない」

ゆっくりと、あさみの頰《ほお》に青い光がおりて、汗や涙のように伝うのをわたしは見つめている。

「どうして？」

「知らない」

「じゃあ、だれ」

どうしてか、そのとき、あさみののどが大きく動いた気がした。それから、小さな声が聞こえる。

「七億《ななおく》」

それは数字ではなかった。七億さん。わたしも知っている先輩の名字だ。

七億さんはわたしたちより、一つ上の学年で、図書委員。いつも図書室の奥で、読まれることのない本を見つけ出しては捨てている。

「工学関係の書籍なんてここにはろくにないわ」

かのじょは、わたしたちが使う上履きよりも、派手な緑色のスニーカーを履いていた。絹《きぬ》のような髪が、黒い制服によりそい、頰の赤みだけが残像として残ってしまいそうなほど、白い。本を探すふりをして、かのじょに話しかけたわたしに、ろくに調べもせずに返答をした。

「そうなんですか？」

図書室は、琥珀《こはく》をしきつめた床と、棚でできている。通路には飛び石のように読み捨てられた本が放置され、書物に対する敬意のなさを表していた。

「どこかに落ちているとは思うけど。燃えちゃったかもしれないね」

かのじょが、目撃者。わたしはそう唱《とな》えながら、白い肌をすべり、反射する琥珀色のひかりを見ている。天井のすきまからおちてくる光が、壁や床で反射をして、もはや、重力を失った綿のようだ。

「先輩は」

「はい？」

「どうしてまだここに？」

かのじょは答えず、静かに呼吸をした。その音はわたしにも聞こえていたが、それが返答には思えなかった。

「あの」

「どうしてとは、どうして？」

七億さんはわたしの言葉をさえぎり、呟く。瞳はわたしたちとは別物に見えるほど、深さを持っていた。

「わたしの、同級生が自殺しました。七億さんの前で自殺したって聞いたんです」

瞳は鏡のように、わたしの顔を映し出す。それを見つめていると、わたしはかのじょではなく自らに語りかけているような錯覚があった。外で、生徒が笑いながら通り過ぎていく。

音。

一律《いちりつ》でない足音と、きりさいたような笑い声。足の裏から骨を通じて聞こえるような種類の
「うん。私の前で、自殺したよ」

七億さんにはそれがまるで聞こえていないみたいだ。

「でも、普通、自殺の目撃者は、どこかに消えるんですよね？　どうしてあなたはここにまだ、いるんです？」

「私は、どこかへ行けとは言われていないから」

瞳の下の皮膚が少しだけつり上がる。目尻だけがそのままで、微笑《ほほえ》みが意図的に作られていた。

「なぜ言われていないんです？」

「なぜかな。結局証明が無駄になったからじゃない？」

「は？」

外の光がかのじょを、冷やすみたいに注ぎ込まれていた。頬や、耳がわたしの目の前で、少しだけ揺れる。

「あなたはなぜ、目撃者は消える、と言われているかわかる？」

かのじょは過ぎ去った笑い声を追いかけるように、出入り口の方を向いた。そして、瞳だけをわたしに向ける。

「いえ……」

「自殺は、自然発生してしまった愛を、証明する手段なの」

☆

気づいたら、わたしは七億さんから逃げ出していた。たどりついたのはあさみの隣で、かのじょはわたしの実験室で色水を作っていた。

「あさみ！」

わたしは息を切らしながら、かのじょの肩をつかんだ。部屋の中央より少しずれて、窓際、あさみは細い試験管に、緑と黄緑の液体を7本も作っている。

「なに、ブス」

試験管を揺らされて、かのじょはすこし不機嫌だ。

「あの先輩って……」

「七億さんのこと？」

わたしの言葉をたどるみたいに、指先で試験管を押し、かたむけ、緑と黄緑を混ぜていく。

「そう」

うなずくと、トマトのようなにおいがした。それが試験管からただよってきていることはわかったけれど、その行為になんの意味があるのか、それだけがわからない。わたしの実験室にはいくつものロボットが並んでいて、どれも、教師に実用性を評価されたものばかりだった。

「ふうん」

そう、かのじょはロボットのひとつを蹴り飛ばす。

「あさみは七億さんと……知り合いなの？」

七億さんが目撃者だということを、わたしはあさみから聞いた。それは、とてもふしぎだった。噂としても聞いたことがない。かのじょ以外だれも、そんなこと知らない。

「七億さんは化学部の部長」

「へえ、だから、知ってたんだ。どんな性格？　やさしい？」

「……今日はもう、ロボット開発はいいの？」

かのじょは、蹴り飛ばされ倒れたロボットを指差した。

「ああ、うん。なにをしても、目覚めないし、そして少しもまちがいはないから……どうしようもなくて」

「でも、先生からもらったんでしょう。部品」

それは未だにわたしのポケットの中にある。

「これは使いたくないかな」

「なんで？」

「……知能が40パーセントさがっちゃうんだよ」

中に入っていたのは、個性とも自我とも呼べる思考の偏《かたよ》りを、強制的に発生させるソフトだった。それがヒント。知能回路を無効化していき、そのかわり、指向性をあたえる。それを導入すれば動くには違いなかった。個性という愚《おろ》かさが、先生のいう存在値なのだろう。

「そのほうが起きるんだ、なんかばかみたい」

「やってみないと、わかんないけどね。でも、こわくて」

あさみはわたしの顔を、魚類みたいに覗く。

「もし、目覚めたとして愛せそうなの？」

「わからない」

「でも、愛してくれるように、設定したんでしょう？」

光が、わたしたちの間に、落ちてくる。わたしはかのじょより暗い所で、輝いて見えるかのじょを見つめる。

「していない」

答えても、こんなことをかのじょが尋ねる理由はわからない。

「そのための機械なのに？」

「そのための？」

「愛されるためのものでしょ？」

「ちがう。愛なんて言葉は、認識できないようにしたの」

「ラブも？　アムールもすべて？」

「すべて」

「自分と同じ、劣化品を作ったのね」

あさみの言葉に、そう、と頷《うなず》いたわたしは平然としていた。けれど。

「わたしはあなたの命を救ったのにどうしてこんなひどいことを言われなくちゃいけないんだろう」


この子はわたしがいなかったら死んでいたのだ。丸い円盤形の飛行機に押しつぶされて。わたしが手のひらを伸ばして、かのじょをはじき飛ばしていなければ、今ごろ。

「あなたのせいで愛情がわからなくなったのに」

代わりにわたしが押しつぶされた。脳は壊れ、青い液体を飲んでも、だれも愛せない体になった。

「どうかな、生まれつき、わかんなかったんじゃないの。だってきみはどうしようもない、ばかじゃないか」

このあたりの空には鳥が飛ばない。その代わり、同世代の女の子が今にも飛びそうな声で笑ったり叫んだり、泣いている子はいつも静かで、本気でない涙だけがこの実験室の窓枠に届いた。

あさみの言葉を、わたしは反芻《はんすう》した。

「ばか……？」

「そう、ばか。わかる？　うましか」

かのじょに、牛乳を頭からかけられたこともある。かのじょに、階段から突き落とされたこともある。かのじょに、嫌いってささやかれたこともある。プラネタリウムでひとりぼっちにされたことも。悲しくて、なんども泣かされた。夢にでてくるかのじょはいつだってストーリーの悪役だった。それで、泣いていた。わたしじゃなくてかのじょが、夢の中では号泣していたからわたしは現実のかのじょをずっとずっと許している。

好きだとか嫌いだとかいう言葉が無意味なのは、わたしとかのじょを見ていたら簡単にわかることだ。髪の毛は牛乳くさくなって、その日はだれも話しかけてこなくなる。階段から突き落とされて、けがをした日は、かのじょが、こなごなにならなかったとがっかりしていて申し訳なくて泣いてしまった。どうやったらこなごなになっても生き延びられるのか、幼いわたしにはわからなくて、無力感でいっぱいになった。友だちという単語がでてくる本を片っ端から燃やしていたら図書室がからっぽになって、先生に怒られてしまった。わたし、頭だけはよくて、それで先生が最後には失望する。かわいそうで、最初からばかで、数字も読めないような脳で生まれたらよかったって思う。

「今日は手をつないで帰ろうよ」

「いいよ。6万円ね」

わたしはお金を払った。

実験室の扉は、木がきしむ音がときどき断末魔《だんまつま》みたいに鳴る。

愛の証明に自殺をする。はじめて聞いたことだった。薬で作った愛を疑う子はどこにもいない。けれど、自然発生の愛は？　永続もしない、突然生まれ、憎しみにだって変わる。そしてなにより一方的な。愛し合うことは、偶然が2つ重ならなければいけない。バグみたいなものだ。それを、真実と信じられる子などいないだろう。だから命をかけるの？　そこまでしてもいいと、思ってしまうの？　狂気だ、という先生の言葉を思い出す。七億さんはそんな狂気的な愛をつげられて、そして、それを証明するために同級生は自殺をした。

「天才ね！」

そのとき、背後から七億さんの声がした。先輩はだれかに愛されたのだ、という考えが、わたしの心臓にするどい針を刺す。

「どうしたんです」

先輩はわたしのロボットを、興味深げに眺め、それから指で撫でている。うつくしかった。あさみは、だまっている。かのじょは、わたしの両手をあたたかく握りしめ、微笑んだ。

「すばらしいわ」

わたしは喉をつぶしたい。

「好きです」

そう呟いてしまいそうになるのを、喉をつぶすことで止めてしまいたかった。けれど、

「ありがとう」

先輩はそう答えた。とっくに、わたしの唇から告白はこぼれてしまっていた。

とてもじゃないけれどここには愛だなんてものは存在しないし、わたしの中にあるのは自尊心だけで、だれだってよかった。殴ってくれようが抱きしめてくれようが、どっちだっていいから、必要としてほしかった。それなのに、抱きしめてもらえたほうが心地よいなんて、そっちのほうがうれしいだなんて、わたしはくずだ。しねばいい。こわれたガラスのコップを、こわしたのはたぶんわたしです。破片がちらばって光を好き勝手に反射させている床をみて、うずくまっている。隣では、先輩が頭を撫でてくれている。わたしがこんななのに、なんてやさしいのだろう。放っておいて帰ってしまった、あの子のことも、なんて冷たいのだろう、そうときめく。こうやってわたし、関わってくる子をみんな、好きだとかいう言葉で思って、それで、本当はなんとも思っていないことがばれないように、必死で、言葉を紡《つむ》いでいくのだろうか。

「あなたはすばらしいわ」

わたしの実験室は四角い箱が中心においてあって、そこに、わたしの衣服が詰め込まれ、その上に計算式が書き込まれている。その前に先輩は座っていた。

「あなたの頭脳は、とても優れている。その、ロボット、文明にとって最大の発明ではないかしら」

箱の周囲に、先輩と同じようにして、ロボットたちが並んで座っていた。かれらは動くけど、愚かだ。

「先輩、でも、これ、目覚めないんです」

「そりゃあそうね、あなたは、もし、生まれる前に生まれるか否《いな》かを選べたら、生まれると、選択する？」

「え？」

先輩は指先でロボットを撫でた。銀色のひかりがかのじょの爪から心臓まで流し込まれていくようだった。

「私はしない。この子も、きっとそう。目覚める前に気づいてしまった」

「……どういう」

「かしこすぎたのよ。あなたより。だからこそ、すばらしくて……」

先生が、あのウイルスみたいな白い部品を渡してきた理由はそういうことだったのだろうか。けれど、それはあまりにも無為に思えた。

「大丈夫」

先輩がわたしの手をとる。それからわたしは先輩に2時間抱きしめてもらう。頭の上では睡眠欲が、蛍光灯にのって、ちかちかと点滅している。まぶたのなかに、しまいこまれそうになる黒目が、ぐるぐると、白目の中を泳いでいる。細い糸でぬいあわせられた制服が、一瞬で溶けて消えてしまったのかと思うほど、いつのまにか浴室でわたしはぬくもっていた。先輩は帰っている。

白いタイルが並んでいた。蛇口が遠くを見ているかのように、そっぽをむいて、わかるのは周囲にあるお湯だけだ。

「わたし」

響いた声。

ロボットなんてどうだっていいです、先輩。先輩、あなたのこともどうだっていいです。お風呂に入っているときと同じぐらいの心地よさしかなくて、先輩に抱きしめられているときはしあわせだけれど、お風呂に入っているときはぜんぜん恋しくないです。たぶん、制服をもっとぶあつい生地で作れば、どうってことはないのです。先輩がわたしのこと、どうだっていいと知っているから、こんなこと言わないけれど。

浴室の小さな窓は、曇りガラスで、明るさと暗さしか世界にはない。今は薄暗く、もうすぐ朝が起き上がるのだということがわかる。

「あさみ」

不意に言葉がこぼれた。あの子はたぶん、自宅で眠っている。

☆

化学部の部室は、校舎のいちばん奥底にある。深海のようにほのぐらい、その部屋ではいまでもアルコールランプが使われていて、それからふるぼけた書籍が、机の代わりに積み重なっている。上に載せられた目玉焼きは、あさみが作った薬剤の反応熱で焼いたもので、白身が若干《じゃっかん》、青みがかっていた。恋たちというタイトルの小説が、24冊も並んでいる。それぞれに栞《しおり》が挟まっていた。かのじょは古い木でできた土台に試験管を並べている。

「あさみ」

「なに、くず」

わたしが部室に入るとかのじょは、いやそうに眉をひそめる。別に構わなかった。目玉焼きに触れるともう冷えきっていて、簡単に剝《は》がれる。わたしはあわてて指を離した。

「それは食べないの？」

わたしの言葉に、かのじょはやっと、目玉焼きのほうを向いた。

「食べる？」

「食べない」

目玉焼きは、古い書籍と同じぐらいまずそうだ。机代わりの書籍の山はあと5つあって、どれも同じような本でできていたけれど目玉焼きはない。だれも、そこに着席はしない。

「他の部員は？」

カーテンはもう長いこと風にゆれる以外、動いたこともないみたいだ。影が床に染みついている。

「七億さん以外、みんな学校を辞めた」

「恋したの？」

問題児たちはすぐに見合いに呼ばれる。それは愛情というものを早くに心に宿《やど》すことで、すべての精神を矯正できるからだ。愛が狂わせるものはおおいが、狂っていたものがまともにもどることもおおい。

あさみはなにも答えなかったけれど、それは、そうだ、ということだろう。

「じゃあ、今はあさみと先輩がやっているの」

「そう」

「さみしい？」

「ちがう」

「わたしも入ってあげようか」

「死ね」

それでわたしは入部することとなった。

教師たちはあわてふためき、わたしをなんどか軟禁《なんきん》し、そのたびになんのつもりかと問いかけた。

「なんのつもりって」

そのたびに、わたしは言葉をくりかえす。

「きみも反抗期に」

「反抗期の子どもは、イエス反抗期って、言わないですよ」

「そうだなあ」「そういえばそうだなあ」「そうだなあ」

わたしの言葉に、先生は3人ともぽかんと口を開けて、うなずきはじめたので、そろそろ
今日の説教は終わりだ。生徒指導室と書かれた小さな部屋を飛び出して、わたしは部室に向

かってかけていった。


わたしが化学部に入って、すでに1週間がたっていた。

「あさみ、お待たせ」

わたしは自分の指定席に決めたあさみの隣に鞄を置く。けれど、

「七億さんは、部活には出席しないよ」

部室に入ったとたん、あさみは青色の液体をかきまぜながら返事をした。

「そうなの？」

いちども、先輩を部室で見ることはなかった。あさみが、部屋で猫背になりながら、唇を尖らせて神経質に色水を混ぜているだけ。

「いいの？」

試験管を土台に戻すと、あさみはそう、こちらを向いて、無表情なままでたずねた。

「なにが？」

「帰るなら、帰っていいよ」

わたしはあさみの言葉の意味がわからなかったので、

「帰らない」

と答えた。

わたしはそれからすぐ、部室を出た。部室の前の廊下は、薄暗くて見上げると電灯が半分消えていた。だれかが電球を抜き取ったらしい。わたしの背中を見ることもなく、あさみはだまっていた。わたしは、七億さんを探しに行く。それだけ。帰るわけではない、嘘はついていない。

部室の扉が閉まると、薬品のにおいが、ふうせんを破裂《はれつ》させたみたいに、扉と入れ替わりでわたしの背後にあふれた。歩くたびに床板がきしむ。それを数えながら歩けば、新校舎。教室や、図書室のある場所。

図書室に、たいてい七億さんはいる。扉を開け、光が反射して、わたしの平衡感覚を奪っていく中、本棚を指で撫でながら奥へすすむと、かのじょは琥珀色の低い棚の上に腰をかけて、本をかかとで叩きながらだれかの話を聞いていた。別の客。クラスメイトで、名前は知らない。その子もまた、額にAをつけている。髪がまっくろで平凡だとわたしは思った。

「わたしはただ、知りたいの」

その客は七億さんに、ひきょうだというようなことを告げていた。

「そう」

七億さんの足首はだんだんに、勢いを増し、かのじょがかかとで叩く本が徐々に棚の奥に入り込んでいった。

「あなた、あの子に好かれていると気づいていたじゃない」

「そうかなあ」

七億さんは棚のうしろの窓にもたれて、いますぐにも、窓があいて落ちてしまいそうに見える。光とカーテンがかのじょを包んでいた。

天井を見上げた七億さんの首筋に、客は言った。

「それを、せつなに教えていれば、せつなは自殺しなかった」

せつな、というのは、自殺した同級生の名前、ということをわたしは知っている。

「どうだろう」

「だって、自殺なんて、愛を信じてもらおうと思ってしたに決まっている。でもあなた本当は、せつなが自分を愛していると信じていたでしょう、最初から。あなたが信じてくれないと思い込んで、せつなは死んだんじゃない」

わたしは本棚がその日、森のなかの木々のように思えた。それらの間を縫い、かれらにすこしずつ近づく間、次第に見えてくる七億さんの冷たい目が皮膚に、針のようにつきささった。錯覚だ。

七億さんは、めんどくさそうに棚から降り、会話を打ち消すようにその場から立ち去る。そして、わたしを見つけて、手を振った。

「どうしたの？」

かけよってきたかのじょの背後に、クラスメイトが怒りや困惑をどこにぶつけたらいいのかわからない様子で、体をうずくまらせているのが見えた。でもそれすら、どうでもよくなりそう。

「話したくって。……あの、自然に生まれた愛を、証明するために、みんな自殺するんですか？」

わたしの言葉に七億さんの表情は変わらない。親しみをわたしのなかに見いだしている瞳だ。

「まあ、そうだね。命をかけるほど、あなたを愛していますって、いうことだね」

「でも、七億さんは最初からそれを信じていて……それなのに、せつなに教えなかった、ってことですか？」

すでにあのクラスメイトはいなくなっている。わたしにとって、せつなという生徒が大した存在でないことはよくわかっていた。けれど、都合が良かった。この話をするのに。

「そうだよ。私はべつに、愛は薬でできるものだなんて、思ってない。証明する必要なんてなかったんだよ。でも、せつなはそれを知らなかった。だから信じてくれないと思い込んで、自殺をした」

「教えてあげたらよかったのに」

かのじょはわたしの言葉に不服そうに、見上げる。そのまま振り向くが、もうクラスメイトはそこにはいない。

「そういう話を、さっきのあいつもしていたんだよ。でも、私がどうして、教えないといけないの？　なんの義理があって」

「え？」

わたしはそれ以上聞いてはいけない予感がした。

「せつなに死んでほしかったから、じっと気づかないふりをしていたんだけどな」

それは七億さんの言葉だ、わたしが憧れていた。冷えた水が急に、血の代わりに全身を流れたような錯覚。

わかるでしょう？　このきもち。そう七億さんは言う。納得できないといった顔で首を傾《かし》げると、かのじょも首を傾げ、

「あれ、わからないんだ。きみも同類だと思ったのにな」

「え？」

「まあいいや、まあいい」

手をふり、腕をふり、かのじょはすべてをきりあげようとしている。だからわたしは最後に問いかけた。

「あの、死んで、どう思いました？」

「やっと死んだ、と思った」

七億さんの言葉をわたしは詩的だと思った。少し表現はひねくれているけれど、かのじょの心の荒波が、みえているようで。

☆

雨の季節はない。だから雨が降っても、わたしは季節を知ることができない。窓から見え

る空模様はいつでも、憂鬱《ゆううつ》だった。

先生の声がひびくように、まるく作られた教室の天井は、中央の席であればあるほど、手元が薄暗いという欠点がある。わたしはそこで、ノートを取るしかなかった。だから週明けは憂鬱。

「わたし、実験場から来たんです」

月曜日は転校生がそう話しかけてきてはじまった。とつとつと雨が窓をたたく音。わたしの指先は、しめった教科書の角に触れて、指先に湿気がたまっているのが、生きてきた経験のせいでわかってしまった。

「実験場だから、なんだっていうの」

わたしは、不快でもないけれど、不快よ、という顔をする。

「わたし、あなたが来ると思っていたから」

「ああ」

そう、わたし、一度はそこに行く予定だった。中止になってしまったけれど。かのじょは当時、わたしが来るとだれかから教わって、待っていたのかもしれない。ピンク色の爪先が、目の中でなんども泳いでいる。かのじょは、手を動かして話すくせがあるらしかった。

「ここで、恋、しました?」

けれど急に、かのじょは手をとめ、そう尋ねた。

「しないよ」

わたしはもう、興味が失せた、目を逸《そ》らす。

「なぜ」

という、かのじょの声は聞こえたけれど、視界には登壇しようとする教師の姿だ。それでも、かのじょはわたしの頰をつかんで、自分の方に向けさせた。だからわたしは言うんだ。

「あなた、わたしの脳みそが壊れて、愛とかそういうものがちっともわからなくなった、って知ってる？」

意外なほどかのじょは、まっすぐにこちらを見つめた。（こんな、真っ黒い瞳は見たことがなかった。ばちばちと奥で火花が散っていても、その黒さで溶けてわたしには見えそうにないほど。）

「知っています。だって、だから実験場に来る予定だったんでしょう？」

教師が静かにするように呟いている。けれどわたしは問い返した。

「それならどうして、わたしに恋をしたとか言うの？」

「わたしは見てきたから」

「え？」

「愛は薬では生まれない」

授業が始まった。

天体について語る教師の話を記録しながら、1時間目が終わり、2時間目が始まり、わたしは、転校生のことを思い出しながら、心をよくする呼吸法についての話を聞いていた。その子は、この学校の生徒たちに本当の愛とやらを教えようとして、実験場から飛び出し、まともなふりをして転校してきたらしい。休み時間にわたしのことをほほえんで見つめ、いつでも相談してね、と告げたかのじょの唇は、腐った匂いがして、わたしは早くゴミために捨ててやりたくなっていた。

授業は3つやればおしまい。巨大なスクリーンに教師が書き込んだ数式は、雪が降り積もるみたいに、白くぬりつぶされ消えていった。わたしは、山脈に電子部品を埋め込むための数学的法則という本をかばんに詰め込む。かばんには黄色と緑のベルトが2本ついていたけれど、どちらも肩にはかけずだきしめて、部室に向かおうとした。

「真中さん、あなたもプラネタリウムに行かない？」

そのとき、転校生が、わたしの腕をつかんだ。

「え？」

「わたし、プラネタリウムの総指揮をすることになったの」

かのじょはそう誇らしげに言うけれど、プラネタリウム、なんてものはこの学校にはなかった。ただ、かのじょが転校してきたのと同じ日に、段ボールで作られた、ピンホールのプラネタリウムが裏庭に設置されたらしい。3時間目、教師が眉をひそめて警告していたのだ。あれは、かのじょが作ったのかもしれない。

「なぜ」

「プラネタリウムは宗教だから。ここに足りないのは、宗教だから」

丸いドームの真ん中で、光が切り裂かれて、ぽつぽつと、孤独に投影されているのを想像した。それらを星だと思い込んでいればわたしたちは幸福になる。生物として本能的に、そう感じてしまうのだろう。

「愛情は、薬では生まれません」

そこで、転校生はその言葉をくりかえしているという。「光を星と信じることは、その第一歩よ」と、かのじょは誇らしげにわたしに説明をする。朝も、昼休みもそれをくりかえしてきたのだと。かのじょの指は、植物みたいにやわらかく、そしてちぎれることをこばむしなやかさがあった。わたしの手首はそれにからめとられて、剝ぎとる術も知らず、そのプラネタリウムのドームにつれていかれることになったのだ。

教室は2階にあり、1階におりれば、教員室と図書室、それから放送室や小さな生徒会室が並んでいる。その奥にある薄暗い裏口から出れば、部室がある旧校舎に出るけれど、転校生はそこには向かわなかった。正面玄関を出ると、まだ太陽は高くにいるのが、まつげの影がゆれることでわかった。ドームは並んだ椿《つばき》の枝葉《えだは》の奥にあった。

段ボールのすきまが、ちょうど三角になっていて、黒い布が貼られている。転校生はそれを剝がして、わたしを案内した。入った瞬間、生徒たちの拍手の音が聞こえる。姿は見えないけれど、およそ8人。転校生はわたしからやっと手を離し、星を映すための機材のそばに座った。そして、一呼吸をおくと、挨拶もなしに話を始める。星座と、それからそれにまつわる恋の伝説。８人の呼吸の音、だれも、動こうとすらしない。ドラマチックでロマンチックで、そして現実離れした、一夜だけの恋や、殺すまでの片思い。それらを心の中にインプットして、かのじょたち、お嫁に行くつもりなんだろうか。強制的に薬物で生成された永遠の愛をかかえることになるのに。

「あなたたちだって、今日明日、薬を飲まなくたって、だれかを愛せる」

そうつげた転校生は、きっとなんの保証もしてくれない。あなたたちがだれかを愛したところで、それがまったく叶わなくて、そしてすぐに冷めてしまったとしても。性教育がいちじるしく進んでいない現代だ。

だれも、口を開こうともしなかった。

「愛することが生きる価値よ。死ぬことで愛を証明したくなるほどの、うつくしさ、それが生きることだと、信じてしまう」

かのじょの言葉に、わたしは耳が破裂しそうだ。

「愛せないなんて、生きていないのと同じなの」

☆

「のろいみたいなものね」

話よりなにより、そこにいた生徒たちが気味悪かった。わたしはかたつむりがなめくじになるみたいに、あわててドームからはい出して、それから、そんな七億さんの声を聞いた。

かのじょは出口のすぐそばに立っていて、わたしの手を引く。立ち上がる。

「あの転校生、知ってます？」

「知らない。どうせ、実験場にいた子でしょう。ときどき、ここに来るの。生まれてからずっとここにいる子たちには、新鮮かもしれないけれど」

七億さんは、一学年しかちがわないのに、なぜかずいぶんと詳しかった。

「愛は薬ではできないって言っていました」

告げ口のようにわたしは呟いた、ことが、なんの意味もないのはわかっている。

「そう教えてしまうのは、のろいをかけることよね。ただの日食が、神の怒りに見えるように。ただの現象だと教えないと、どう転んでも不幸」

「入ります？」

わたしが黒い布をつまむと、その肌触りは想像以上にきもちがよくて、ベルベットかなにかだろうか。

「どうせ、すぐ、先生に見つかるよ」

そんな、七億さんの言葉を合図にして、わたしはかのじょとともにプラネタリウムをあとにした。だれもついてはこない。新校舎に入り、それから裏口へと出る。

雨のあとは床板のきしみの音がいろっぽい。七億さんは、ひさしぶりだといって、部室の扉をあけた。あさみがいる。そして、あさみは振り向きもせずに、ひさしぶりの部長に挨拶もせずに、わからない液体とわからない液体をまぜて、わからない液体を作っている。

「あさみ」

部長だって、あさみには興味がないみたいだ。薬棚を見つめる七億さんをほうって、わたしはかのじょに声をかけた。

「なによブス」

それからすぐにその返答。わたしがいることは、あさみも把握しているらしい。

「へんな集団ができていたよ、中庭でね」

「プラネタリウムでしょう」

かのじょは、紫色の色水に、黄色をまぜた。

「知ってるの？」

あさみは、それからゆっくりこちらを見た、わけではない。かのじょの視線は七億さんに向けられた。

「先輩、かれら、愛は、自然発生するって、言っていました」

「まちがってないよ」

七億さんは困った顔で笑う。あさみは、色水をまぜることをまだやめない。そして、問いかけることも。

「本当ですか？」

「うん」

「でも、そんなの、学校では」

あさみの言葉を聞き流すように、七億さんはずっと、棚を見つめている。遠くでピアノの音が聞こえ始めた。コーラス部だ。

「まあ、教える必要がないから」

七億さんの言葉に、あさみの手が止まった。

「じゃあ、あの、先輩」

「はい？」

窓からは風の音がガラスのきしむ音に変換されて、部屋に蓄積《ちくせき》されていた。かのじょたちの声だけが、ぴりぴりとこの空間を直接揺らす。

「たとえば薬をのんでいなくても、そういう、感情になったら、その言葉を名づけてもいいんですか？」

「勝手にしたらいい」

冷たい目だ、七億さん。

「そう、そうですよね」

「名づけても名づけなくても、悪いことは起こる」

七億さんの言葉を、もう聞いていなかった。わたしは、あさみがどこかに消えそうで、口を開いた。想像以上に冷たい、酸素。

「愛を証明するために、自殺をしたんだって、せつなって子」

「え？」

あさみが、不意に、わたしを直視した。まっすぐ、あさみに見られることは、生まれて初めてだった気がする。「あ」と声が出たのはわたしのほうで、あさみはなにも言わず、目をそらし、ただ、

「だってそれぐらいしないと、だれも信じてくれないものね」

そうつぶやいた。

「さあ」

七億さんが、小さくそう答えた。

コーラス部の歌声がとまった。とたんに大きな風が、水のようにごうと、渦巻いた音を鳴らす。

「あさみ、でもさ、あんまり、あそこには近づかないほうがいいよ」

窓の外を、指さす。あさみを見つめる。見えてはいないがもちろん、わたしがさしたかったのはプラネタリウムだ。

「うるさい」

あさみ、そんなこと言わないで、とわたしが口走《くちばし》るより先に、わたしはかのじょに前髪を燃やされた。かちゃりというライターの音が、遅れて聞こえる。

「なにしてるの！」

発狂したような声。それが、窓の向こうからそのとき聞こえた。わたしたちが外をのぞく

と、生徒たちがプラネタリウムからちりぢりに走っている。真ん中で、教師に転校生が捕まっていた。

「あの子、明日からまた、転校だね」

七億さんの声を聞きながら、先生はプラネタリウムに反対なんだ、とわたしは思った。


「今日は」

騒動が窓の外で終わり、カーテンをあさみが閉じると、わたしはしかたなく、元の席にもどった。

「今日は、ロボットは作らないの？」

七億さんの問いかけだった。わたしはそんな話はいいから、と、かのじょに隣に座ってもらおうとしたが、動こうともしない。

「図書室に戻らないと」

それから、まるでため息みたいにささやくと、七億さんは出ていった。あさみはわたしの隣で色水を作っている。

「なにを作っているの？」

「わたし、宇藤《うとう》さんに、教えてもらったの」

あさみはけれどこちらも見ず、暴力もふるわず呟いた。

「だれ、宇藤って」

「あの転校生。教えてもらったの。恋の、薬の、作り方」

「え？」

宇藤があさみに言ったのは、青い液体にはきちんとレシピがあり、それのとおりに、実験場の子どもたちがアルバイトとして製造しているのだということ。

「わるい薬物を売りさばいているような心地だった」

猫みたいに目を閉じてささやき、ほほえんだ宇藤は、そのままあさみに、「あさみはきっと知りたいだろうね、わたしの先生がなんて言っていたか。液体の作り方。その構造。でも、それを知りたいなら、わたしを愛してみたらどうかな」

手を差し出した。

「いやだ」

そう答えたのだとあさみは言う。そして、「たしかにきみの愛は、一気に不純なものになってしまうだろう。でも、それはそれで、いいじゃないか。愛には変わらない。きみは愛するかのじょのことより、愛の質にこだわるの」宇藤は続けたらしい。

「どうして、逐一《ちくいち》教えてくるの」

わたしは尋ねた。

「教えてはだめ？」

と言うけれど、あさみはこちらを見なかった。

それほどにわたしのことが嫌いなのだろうか。わたしはひとりで、つらつらと手書きの文字のようにふらつきながら自宅に帰って、水を飲んで眠りに入った。ふと、七億さんのことを思う。かのじょはもしかしたらいまひとりで、海岸で裸でいるかもしれない。そんな少し非現実的なことをかんがえて楽しくなる間は、眠ってしまうしか生き延びる方法がないように思える。

☆

翌朝、海が白く泡立つような色をして、輝いていた。わたしはいつもとちがう道を歩いて、寮から校舎へと移動した。朝のななめなひかりはいつも、図書室のこはくのいろを、扉から中央玄関にすべりこませる。実験室に行くつもりはなかった。けれど、廊下の端にあるその部屋は、だれもいないはずなのにあかりがついているらしく、扉の小さな窓が白く輝いている。

「七億さん?」

扉をひらくとき、最初からそう声が出た。そして、たしかにかのじょはそこにいて、

「ロボットは?」

と言う。

「ああ、えっと」

もうずっと、ロボットのことなんて忘れていた。作業もほとんどせず、放置していたこと

をかのじょには悟られたくなくて、わたしは、手早く、教師から渡された部品を内部にセットした。なんの抵抗もなかった。あっさりかれは起動した。

「完成しています」

まるで、はじめての起動ではないように、そう七億さんにつげるわたし。かのじょは気づいたのか、気づいていないのか、ただやさしくロボットを見ていた。

「すばらしいね」

ロボットは立ち上がり、少しだけ浮いて、わたしの周りを走る。

「そうですか？」

「あなたは、自分がロボットだったらどうしよう、なんて考えるときはある？」

そのまま、七億さんはその機械をながめながら呟いた。

「ロボット？　ＳＦみたいに？」

「私が実はロボットで、周りもみんなロボットで、生きてなんていない可能性」

「だとしたらわたしは、もっと低レベルな機械を必死で作っている高レベルなロボットってことですか？」

「おもしろいね。でも、眠っていたころのロボットは、あなたより高レベルだったかも」

七億さんの顔は笑っていないし、

「そうですね」

わたしだっておもしろいとは思っていない。

「いいの、そういうつまらない視点は。ただ私は、自分がもしロボットだったらどうしようとは思う。こうして生きていることがすべての誇りであるというのに、ただ、起動と終了の日時が設定されたロボットだったら、どうしようと。朝日をみて死にたくなったとき、それが自分の中に起きたバグを消滅させるための自滅《じめつ》プログラムだったらどうしようだとかね」

「思いますか？」

わたしの、問いかけに、驚いたような顔を七億さんはする。

「あなた、そうだったら、どうしよう、って思わないの？」

「どちらかといえば……」

わたしがもしロボットだとして。周りがみんな、ロボットだとして。死んでいるつもりがただの電池切れだったとして。

「……どうしようもないことです」

わたしの言葉に、七億さんは笑顔を崩さないように気をつけながら、明らかに困っていた。

登校する生徒の数が増え、裏口から、笑い声と、あくびがなんどもくりかえして聞こえる。

「どうしようも？」

「どのみち、わたしは今のままです」

「え？」

走る生徒、歩く生徒。音と揺れがほとんど同時に、起こる。わたしはつられて振り返っていた。

「このわたしがロボットであろうが、生きていようが、わたしがこの状態であることには変わりがないです。関係ない、というか」

「そうなの？」

「ロボットでも、別にいいです」

わたしはそう答えていた。七億さんは首を傾げる。そして、しばらくして、なるほどという声だけが聞こえた。

「あなたは、……そのままなのね。生まれた時のまま」

「え？」

「今日の夜、このロボットと散歩に行かない？　近くの海が、とても気持ちいいわ」

差し出された手のひら。

「裸でですか？」

「なんで？」

かのじょは笑っている。わたしはそりゃそうですねと頷いた。


その夜、あさみがわたしを呼び出す。

わたしは七億さんの約束を、優先した。

あさみは、自殺した。


「七億さん」

わたしはなにもしらない。ただ、ロボットをつれて、海にきていた。夕日が落ちたあとの海。もはやなにを飲み込んでも、気にしないと言いたげな、黒い海。視覚がうしなわれたような絶望感が、気を許せば襲《おそ》ってくる。

かのじょはわたしが近づくことにも気づかず、まっすぐに、沖を見つめていた。そこには月も星も太陽の痕跡《こんせき》もなく、隣の国も見えない。

「七億さん？」

「ああ、こんばんは」

肩を叩かれ、やっと気づいた七億さんはいつもより、すこし厚着をしていた。夜だからだろうか、と思った。黒い海、夜の、ひかりがない海は、みどりいろのように感じる。空との境目《さかいめ》がほとんどなく、ただ、星がないということだけで、海を空から見分けていた。

「あのね」

「はい」

七億さんは海沿いに、わたしを案内して歩く。

「あなたは私が好き」

急な話題だ、と思わないのはどうしてだろうか。

「突然？」

七億さんはそれから、わたしの返事を必要としていないのもわかる。

「そう、言ってほしそうだったから、言ってあげたの」

「これも、自然発生の愛ってことですか？」

「そうだって言ってほしそうね」

わたしはなんとなくもう、かのじょの瞳を見つめる意味を見失っていた。

「でも、私、旅に出ようと思うの。きょうはそのお別れを言おうと思って」

「わたし、愛なんて、わからない体ですよ」

「どうかな」

海の音。いないくせに音だけが聞こえる、そんな不快感、おばけみたいだね。

「わたしがもしあなたを好きなら、あなたは、わたしが死ぬまでじっと待つんですか」

「……？」

「死んだら、やっと死んだって、思うんですか」

わたしの心臓に突き刺さったトゲが、意志を持っているかのように震えた。かのじょはただ、1小節だけ鼻歌を歌った。

「あの」

かのじょはふしぎそうに首を傾げる。

「せつなとあなたはちがう」

「え？」

「せつなだから、待っていたの」

「わたしのことは死なせたくないってこと？」

「ふうん？」

イエスでもノーでもない答え。だって、わたしのことはたくさんほめてくれた、そう言いたくても、言えない。口を開けば窒息してしまいそうな、冷たさが沖から流れてきていた。

「せつなは死んでない」

それから、かのじょはそう呟いたのだ。

殺してしまいたい、という感情がわき上がってそれから、そんな能動的なこと、こわくてできないと思い直した。どうして？　死んでしまったと先生は言っていた。わたしもそれでいいと思っていた。死んでくれていいと。

七億さんはなにも言わない。ただ、目を細めて、どこか遠くを見つめた。

「七億さん？」

「もし、この世界が、ロボットでできていたら、どうなるのかな」

突然、かのじょ、飛ぶように走る。わたしにはできない走り方。いや、クラスメイトのだれにもできないような走り方。

「またその話ですか？」

「今度は自分がどうか、ではなく、世界がどうか、ってこと」

「さあ……変わらないのではないですか。だって今、そうでないのかそうなのか、明らかでないけれど、問題になっていないでしょう」

わたしのロボットが、海面をすべり、そしてこちらに戻ってくる。あの、教師の部品を身につけてから、かれは一度だって、不具合を出さない。完成だった。感無量、ではなかった。

「そうね。私以外は……そうなのかもしれない」

七億さんがこれから、言いたいことなんてわたしにはわからない。わたしが、あなたを好きだとしてそれであなたが逃げるとして、それがなんなのかわからなかった。わたしは、あなたはわたしが好きでしょう、と、七億さんに言われて、それで心が震えなかったこと、それがふしぎでならない。

わたしは、しゃべらなかった。七億さんが海みたいに話して、わたしは、空みたいに静かだった。わたしたちは夜の色。

「これは、たとえ話よ。あなたはなんだか、ノイズがないから、言ってしまってもいいと思うけれど、この世界はみんなロボットで、その前にここにいた生き物のまねをして、愛という現象を引き起こそうとした。けれどそれはうまく、観測もできず、再現することは難しく、結局、数値を入力するため、液体を飲む、という行為を絶対条件にし、錯覚をあたえることしかできなかった」

「……」

たとえば、よ、とかのじょは呟く。

「ただ、ロボットにも感情のような信号をあたえることで、ランダムに、とても強い、精神の波を作ることがあったの。それに名前はない。名前がなく、得体が知れないと、かれらはそれらを攻撃性や、自虐性《じぎゃくせい》に変える。暴走が起きた。そしてその暴走を止めるために、システムは必ず、自滅を選ぶように設計された。それらを、愛、と名づけるものもいた。かれらは自然発生の愛を手に入れた、とされ、かれらはまた、その愛を相手に伝えることに苦労をした」

「先輩」

やっとわたしが、口を開いたとき、もうかのじょはほとんど話し終えていたのだろう。わたしのほうを見ない。海はわたしをからめとらない。空はじっとしている。だれもがわたしを様子見しているような静けさが肌のそばを触れずに走った。

「ロボットは死なない。リセットされるだけ。だから、自滅をしたマシンは回収され、再度リセットされ、生まれ直す。かれらが暴走しないように、今度は自然発生の愛をいだいた相手が、見合い相手になるよう調整され。つまり、相手のロボットも回収され、強制的にリセットされるわけ」

「七億さん、たとえば……なんですよね」

かのじょは答えない。ただこちらを見つめている。

「あの」

「私、せつなを、回収されたくなかった。かのじょと一緒に生まれ直すことが、私にはできない。だから……」

小さな円盤、それをかのじょは取り出した。わたしが教師に渡されたあの白い部品によく似ている。

「きみと、せつなはちがう。きみは自殺をしない。あの子は、自殺をしてしまった。恋の相手と生まれ直すこともできない子は、回収されて溶かされて、消えてしまう……それはかわいそう。だからね、私、かのじょが死んですぐ、これを取り外した」

「先輩、なぜです。生まれ直してあげればいいじゃないですか。一緒に」

「無理なの」

「どうして」

海の音が急に消えた。そう、思えた。七億さんは、その中で、答えた。

「私、ひとだから」

「ひと？」

その2文字をわたしは知らない。

かのじょは、目の前でほほえんでいる。

「名前よ。生き物の」

「そうなんですか？　動物園で見たことがないです。あ、冗談？　これも、たとえば？」

「うん。冗談。でも、本当だったとしても、あなたがあのとき言ったように、大した問題ではないわね。変わらないわね。たしかに、生きていようが、ロボットだろうが」

七億さんはポケットから取り出した、白い箱をあけた。見たことのない青白いひかりが、わたしの頬にふれ、わたしの体が硬直する。

「これね、ある種の機械が、一時的に停止するひかりらしいの。昔、おじいちゃんがくれたのよ。って、あら？　もう聞こえていない？」

聞こえていた。動けないだけだった。

「ふうん」

かのじょはわたしのロボットに触れ、あのわたしがつけた白い部品を取り外す。

「ロボット、借りるわね。あなたの体はあしたには動くから」

そして、あの別の部品をはめこんだのだ。

「せつな、お待たせ」

かのじょは確かにそう言った。「七億さん？」聞こえたその声は、わたしでもかのじょでもなく、クラスメイトのだれかのような、聞き覚えのある声。そして、かのじょはロボットに飛び乗り、沖へと向かっていったのだ。

体が軽くなり、朝、あさみが自殺したことを知る。

大事な話があるのでと、昨晩、あさみに呼ばれていましたとわたしは思う。

だれにも言わなかった。

教師が走り回る、クラスメイトが、息をいつもより静かにして、それ以外の生徒は、ばかな子から口を開く。

あさみは勝手にひとりで自殺したと、みんなが思っているのです。


「わたしはあなたを愛していますので死にます」

というメモ書きが、わたしのノートの間に挟まっていることを、わたしは、知っています。きのうのことです。

死ぬのを待っていたという、七億さんの言葉。好きでもない子に愛されて、それがよっぽどいやだったから、死んでくれるのを待っていたのですね。せつながそうとう気味悪かったのですね。そう、聞いてみたかった。海。浜辺。夜。ふたりきりという言葉が完成していた時間。けれど、せつなにあなたはお待たせと言った。わたしの近く、地球のへりで、どこにも愛のない子はいない。朝のおわり。目の前で、保健室で、あさみが寝息を立てている。もうずっと目を覚まさない、と先生は言うけれど、嘘じゃないかな。先生が、きみの見合い話をすすめているよ。


あなたを、あの円盤から助けたころ、わたしはたぶんあなたのことを大事に思っていたと思います。今はまったく、そんなことはなくて、七億さん、すばらしくて、かのじょのことばかり考えた、ロボットのことも忘れていた。都合がいい。愛したことにするのに、都合がよかった。左手が震えていた。青白いひかりがのこっているかのように、わたしのまつげが青いひかりをゆがめる。

「……」

わたしはあさみの閉じたまぶたの向こう側で、黒い瞳がこちらをじっと見つめている気がして、目をそらさなかった。そして、声もかけず、存在を、知られぬように呼吸すら慎重に。きみは死なない。きみがしたわたしへの暴力は、ちゃんと暴力のまま、歴史に残った。わたしはきちんときみのせいで、不幸だった。そのことは、消えない、愛だからなに？　きみは、わたしを憎んでいられる。

「助かってよかった」

先生が言う。きみがわたしに言われたいことを。

「はい」

わたしは答える。同調だ。きみは喜ぶだろう。もう、目覚めていて、その声を聞いて、嬉しくってしかたがないんだろう。

「目覚めないんですか？　本当に」

「もう少しも、その片鱗《へんりん》がなくて」

「そうですか……」

「かなしい？」

「かなしい」

それは本心だった。先生は、気の毒に、と言う。そうですね、仲がよかったですからと答える。かわいそうに、と言われる。じゃあ、今日、授業休んでもいいですか？　とたずねる。どうぞ、という答え。わたしは近くでおいしい食べ物を買って、ピクニックに行こうと考える。


あなたの名前。

あさみ、七億、もうどちらでもいい。

あなた、わたしはやはりだれも愛せないのかもしれません。


ひばりが枝葉をまるで絹のようにひるがえして、飛び立って行く。愛することが、生きる価値だ。死ぬことで証明するほどの、うつくしさなのだ。はじめて、わたしは体の底の、どこにも、心臓がないような、予感がして寒くなりました。

風邪かもしれません。


愛したということを、わたしが、わたしに証明する方法は、なんでしょうか。どれでしょうか。愛されたいわけではなかった。愛したことにしておきたかった。ただそれだけでよかったのに、きみもきみも目覚めない、帰ってこない。青空の色が恐ろしくて、わたしはただの劣等感に、吹き込む風に震えている。もうだれもいません、だれも自殺を見てくれません。

どっちでもよかったのに、どっちも、どっかに行きました。

おいしいものはおいしい。食事はすすみます。

わたしの死に、なんの価値もなくなった。

あとがき

　幸せになるために生まれてきたとか言われるから、きっと不幸になるのだろう。不幸でもいいから好きだと言える、その瞬間があるならそれを、ちゃんと肯定していたい。少女が、幸せになる方法を学んでいく時間が、青春であるなんていうのは嘘だ。そんな方法はどうやっても学べない。幸せを切り捨てて行くのが青春で、だからきらきら光って見える。きみの、不幸に突き進んでいく、そのエネルギー。愛情って言葉はそこに飾られるべきだった。

　生きていればいいことがあるよ、悪いことがあっても、そのうち、運っていうのは向いてくるものだよ。幸せになるために、したい結婚、したい就職、したい宝くじ大当たり。大金持ちでなにもかもが手に入っても不幸そうな顔をした登場人物が、漫画で、愛は買えないだの、友達がいないだの、青白いことを言っている。愛があったって幸せになれるもんでもない、友達が道を誤らせることだってある、いい人が教えてくれた優しいアドバイスで身を滅ぼすことすらあった。幸せになれないことが問題じゃなくて、幸せになれなくてもいいって割り切れないことが問題なのかもしれないね。そんなふうに割り切れたらクレイジーだって知っているけど、でも、そうなれた人が羨ましいというその感情は否定できない。そして、そんなものはたぶん、「楽になりたい」それだけの願望で生まれた羨望なんだと思う。

マイナスをゼロにしただけの、そんな相対的幸せで満足して、目を閉じて、毎日9時間睡眠することが本当にすべてを満たすのか、疑ったままこんなところまで来てしまった。青春で何一つ捨てられなかった私は、相手もいないのに今でもひたすら「勝ってやる」と念じている。ロケットみたいな表面温度で、自分を溶かして制御不能にしながら、きっともう突き抜けてしまうんだろう。幸せなんてものはない。それでもこの単純で不器用な、「幸せになりたい」という欲望に、ただ振り回されて消えていくこと、それでしか自分の体温の痕跡がわからないよ。それだけが、生きるということ。そう信じている。

満たされた少女はかわいくって当然だ。でも、不幸になってもいいぐらい誰かを愛する、そんな素敵なターニングポイントよりずっと前から、きみの命は最高に輝いていた。私は、少女にそう告げたい。

最果タヒ
SAIHATE TAHI
★
一九八六年生まれ。詩人、小説家。二〇〇六年、現代詩手帖賞を受賞。二〇〇七年、詩集『グッドモーニング』（思潮社）を上梓。同作で中原中也賞を受賞。二〇一二年に詩集『空が分裂する』（講談社→新潮文庫nex）、二〇一四年に詩集『死んでしまう系のぼくらに』（リトルモア／現代詩花椿賞を受賞）、二〇一六年に詩集『夜空はいつでも最高密度の青色だ』（リトルモア）を発表。小説の著書として『星か獣になる季節』（筑摩書房）、『かわいいだけじゃない私たちの、かわいいだけの平凡。』（講談社）、『渦森今日子は宇宙に期待しない。』（新潮文庫nex）、大森靖子との共著に『かけがえのないマグマ』（毎日新聞出版）がある。

［初出］
きみは透明性……………「花椿」二〇一五年五月号
わたしたちは永遠の裸……「文藝」二〇一五年秋号
宇宙以前…………………河出文庫『NOVA』二〇一一年五月
きみ、孤独は孤独は孤独…「文藝」二〇一四年冬号

しょうじょ エービーシーディーイーエフジーエッチアイジェーケーエルエムエヌ
少女ABCDEFGHIJKLMN

★

二〇一六年 七 月二〇日 初版印刷
二〇一六年 七 月三〇日 初版発行

著者★最果タヒ
装幀★佐々木俊
装画★寺本愛
発行者★小野寺優
発行所★株式会社河出書房新社
東京都渋谷区千駄ヶ谷二-三二-二
電話★〇三-三四〇四-一二〇一［営業］ 〇三-三四〇四-八六一一［編集］
http://www.kawade.co.jp/
組版★KAWADE DTP WORKS
印刷★株式会社暁印刷
製本★加藤製本株式会社
Printed in Japan
落丁本・乱丁本はお取り替えいたします。

ISBN978-4-309-02484-4

河出書房新社
松田青子の本

MATSUDA AOKO

スタッキング可能

どうかなあ、こういう戦い方は地味かなあ――各メディアで話題沸騰！　「キノベス！　2014年第３位」他、各賞の候補作にもなった、著者、初単行本。

英子の森

ママ、この森をでよう。――わたしたちが住んでいる、この「奇妙」な世界を、著者ならではの鋭い視点で切りとった、待望の第二作品集。